Patricia Schröder

Lilly – Voll verknallt und ziemlich crazy

Patricia Schröder

Lilly

Voll verknallt und ziemlich crazy

Band 3

cbj

cbj
Kinder- und Jugendbuchverlag
in der Verlagsgruppe Random House

MIX
Papier aus verantwortungsvollen Quellen
FSC® C014496

Verlagsgruppe Random House FSC® N001967
Das für dieses Buch verwendete FSC®-zertifizierte Papier
Pamo House liefert Arctic Paper Mochenwangen GmbH.

1. Auflage 2015

Umschlagbild und Vignetten: Dagmar Henze
Lektorat: Maren Jessen
Umschlaggestaltung: basic-book-design, Karl Müller-Bussdorf
cl · Herstellung: CF
Satz: KompetenzCenter, Mönchengladbach
Druck: GGP Media GmbH, Pößneck
ISBN: 978-3-570-17179-0
Printed in Germany

www.cbj-verlag.de

Sorgenfalten

»Ich habe das Gefühl, ich bin um Jahre gealtert.«

Blümchen lässt ihr Handy sinken und blickt seufzend über den Pausenhof.

»Lass mal sehen«, sage ich, fasse sie unters Kinn und mustere aufmerksam ihre veilchenblauen Augen. »Hmmm, stimmt. In den letzten acht Wochen hast du mindestens fünf Falten mehr bekommen.«

»Waaas?«, ruft Blümchen entsetzt.

»Pro Seite natürlich«, füge ich hinzu und habe alle Mühe, ernst zu bleiben.

»Das ist nicht wahr!«, stößt meine Freundin hervor.

Sie springt auf, stopft das Handy in ihre selbst genähte Umhängetasche und geht mit strammen Schritten auf das Schulgebäude zu.

»Wo willst du denn hin?«, rufe ich ihr hinterher. »Die Pause ist doch erst in fünf Minuten zu Ende.«

Anstatt mir zu antworten, beschleunigt Blümchen ihren Schritt und verschwindet kurz darauf durch die Außentür im Mädchenklo.

»Das war nicht nett«, bemerkt Yassi, die neben mir auf der Steinbank bei den Tischtennisplatten hockt.

»Ich weiß«, sage ich und stupse sie an. »Los komm!«

»Wohin?«

»Na, ihr nach«, sage ich und springe ebenfalls auf.

»Tut mir leid«, erwidert Yassi und zupft ihr türkisfarbenes Kopftuch zurecht. »Das musst du schon alleine ausbaden.«

»Keine Sorge, das werde ich.« Verständnislos schüttele ich den Kopf. »Aber was spricht dagegen, dass du dabei bist?«

Und mir hilfst, Blümchen wieder aufzuheitern, füge ich im Stillen hinzu. Wozu hat man schließlich beste Freundinnen, die einem in allen Lebenslagen zur Seite stehen? Bisher hat das bei Blümchen, Yassi und mir zumindest immer bestens funktioniert.

»Also gut«, sagt Yassi und erhebt sich nun auch. »Ich verstehe ohnehin nicht, wieso Blümchen sich diesen Jakob nicht endlich aus dem Kopf schlägt.«

»Weil es nun mal nicht *dieser* Jakob ist, sondern *ihr* Jakob«, erkläre ich, während ich mich bei ihr unterhake und wir uns langsam in Bewegung setzen.

»Das ist er ja gerade nicht«, gibt Yassi irritiert zurück.

»Eben«, bestätige ich. »Und genau das ist das Problem.«

Exakt ausgedrückt: nicht nur Blümchens, sondern *unser* Problem. Und zwar seit einem dreiviertel Jahr! So lange kennt Blümchen Jakob nämlich schon, und genauso lange versucht sie, mit ihm zusammenzukommen.

Weiß der Geier, warum das nicht klappt. *Ich* kapiere es jedenfalls nicht.

»Vielleicht ist es ja normal«, überlegt Yassi.

»Was meinst du?«

»Dass man nicht zusammenkommt«, erwidert sie.

»Wer *man*?«

»Na, alle. Blümchen und Jakob ... deine Schwester Jackie und dieser Jonas ...«, beginnt Yassi aufzuzählen.

»Das sind vier und nicht alle«, stelle ich nüchtern fest.

Meine Freundin verdreht die Augen. »Wir kennen ja auch nicht alle.«

»Immerhin sind deine, Blümchens und meine Eltern auch irgendwie zusammengekommen«, halte ich dagegen.

Es besteht also durchaus noch Hoffnung. Und zwar für alle vier.

»Mit Busra und Martin ist es jedenfalls aus«, sagt Yassi einfach so ins Blaue hinein.

»Wie bitte? Waaas?« Ich falle aus allen Wolken. »Wieso denn das? Lieben sie sich etwa nicht mehr?«

»Doch. Glaub schon.«

Yassi zuckt ein wenig hilflos mit den Schultern und plötzlich sieht sie furchtbar traurig aus.

»Tut mir leid, aber das verstehe *ich* nicht«, entgegne ich, obwohl ich durchaus so etwas wie eine Ahnung habe.

Yassis Schwester Busra ist türkische Muslimin und ihr Freund Martin deutscher Christ. Eigentlich sind die

Celiks ziemlich westlich eingestellt. Yasemin trägt ihr Kopftuch, weil sie es selber will und nicht, weil sie es muss, und Busra läuft mit offenen Haaren, knallrotem Lippenstift und im Minirock herum.

»Unsere Religionen passen eben nicht zusammen«, sagt Yassi.

»Das ist doch nichts Neues«, erwidere ich aufgebracht. »Abgesehen davon sind Religionen ja wohl nicht wichtiger als Liebe!«

»Manchmal eben schon.«

»Aber Busra und Martin wollten doch heiraten!«

Wieder zuckt Yassi nur mit den Schultern.

Ja, schon klar. Das geht nicht, wenn jeder seinen eigenen Glauben behalten möchte. Doch auch das kriege ich nach wie vor nicht in meinen Schädel.

»Für Gott und Allah sind Liebe und Frieden das Wichtigste«, rede ich mich in Rage. »Eigentlich sollten alle froh sein, dass Busra und Martin sich gefunden haben. Anstatt sich anzufeinden, sollten die Familien sich lieber gegenseitig auf die Schulter klopfen und ein rauschendes Fest für die beiden ausrichten. Christlich *und* muslimisch. Deutsch *und* Türkisch.«

»Find ich ja auch«, gibt Yassi zurück. »Yenge Hatice ist allerdings noch immer der Meinung ...«

»Sei bloß still«, fahre ich dazwischen. »Ich will das gar nicht hören. Deine Tante terrorisiert ja eure ganze Familie.«

Seitdem Yassi, Blümchen und ich miteinander befreundet sind, geraten wir ständig wegen dieses Themas aneinander. So deutlich wie gerade eben habe ich jedoch noch nie gesagt, was ich von Yassis Tante Hatice, der Schwägerin ihrer Mutter, halte. Und wahrscheinlich wäre es besser gewesen, wenn ich auch diesmal meine Klappe gehalten hätte.

Yassi reißt sich mit einem Ruck von mir los, dreht sich um und rennt so schnell, als wäre der Teufel hinter ihr her, zu den Tischtennisplatten zurück.

Yassi!, will ich rufen. Es tut mir leid! Doch genau in diesem Moment schwingt die Tür des Mädchenklos auf und Blümchen stürmt heraus.

»Ich hab nicht eine einzige Falte entdeckt, du Blödi!«, pflaumt sie mich an.

»Wieso hast du es überhaupt geglaubt?«, knurre ich und tippe mir an die Schläfe. »Falten kriegt man doch sowieso erst mit dreißig oder noch später.«

»Ja, *normale* Falten«, erwidert Blümchen. »Wenn man aber dauernd grübelt, passiert das schon viel früher. Guck!«, sagt sie und reckt mir ihre tief gerunzelte Stirn entgegen.

»Zum Glück rennst du so aber nicht den ganzen Tag herum«, sage ich. »Und deshalb musst du dir wegen Grübelfalten auch keine Gedanken machen.«

Wegen Lachfalten allerdings ebenso wenig, denke ich bei mir.

Blümchen stößt einen undefinierbaren Brummton aus, blickt sich um und fragt: »Wo ist eigentlich Yassi?«

»Abgedampft.«

»Hä? Warum denn das?«

»Ich habe sie vor den Kopf gestoßen«, antworte ich, nachdem ich ein Mal geräuschvoll Luft ausgeschnaubt habe.

»Ach, sie auch?« Blümchen mustert mich besorgt, und diesmal ist die tiefe Furche auf ihrer Stirn echt. »Lilly, Lilly«, sagt sie dann. »Was ist bloß los mit dir?«

Nach der Pause kommt Yassi nicht mehr in den Unterricht, und mit jeder Minute, die ihr Platz leer bleibt, nehmen meine Gewissensbisse zu.

Eigentlich finde ich ja nicht, dass Blümchens Frage, was mit mir los sei, berechtigt ist. An mir hat sich schließlich nichts verändert. Ich bin die Einzige von uns dreien, die keine Probleme hat. Zumindest keine echten. Weder bin ich unglücklich verliebt – so wie Blümchen, noch macht mir meine Familie unnötig das Leben schwer – so wie die von Yassi. Mein Kommentar wegen Blümchens Falten war ein Scherz und deswegen werde ich mir ganz bestimmt keine grauen Haare wachsen lassen. Die Bemerkung bezüglich Yassis Tante dagegen war unüberlegt und entspricht auch nicht der Wahrheit. Die muslimische Religion ist mir fremd, und zwar vor allem, weil sie Dinge verbietet, die für mich völlig normal sind. Trotzdem kann ich verstehen, dass für jemanden wie Tante Hatice diese Regeln und Verbote wichtig sind. Sie glaubt fest daran und befürchtet, dass ihre Schwägerin und ihre Nichten in ihr Unglück rennen, wenn sie sich nicht daran halten. Mit Terrorisieren hat das im Grunde überhaupt nichts zu tun und deshalb hätte ich das auch nicht sagen dürfen.

Inzwischen ist die letzte Unterrichtsstunde angebrochen und ich kann das Ende des Schulvormittags kaum noch erwarten. Unruhig rutsche ich auf meinem Stuhl herum und versuche, mich wenigstens halbwegs auf das zu konzentrieren, was Frau Schönerscheidt uns zu vermitteln versucht.

Die Sommerferien stehen kurz bevor, die Notenkonferenzen haben bereits stattgefunden, und wir sind, wie unsere Deutschlehrerin heute bereits zweimal hervorgehoben hat, mit dem Stoff dieses Schuljahres längst durch.

»Und deshalb werden wir uns in den verbleibenden Stunden noch ein wenig mit dem Lesen beschäftigen«, hatte sie zu Beginn der Woche angekündigt.

Deutliche Aussprache. Richtige Betonung. Den einzelnen Personen in den Geschichten eigene Stimmen geben und so weiter.

Ich beherrsche all das eigentlich ganz gut. Eines meiner Hobbys ist Bücherverschlingen und das laute Vorlesen habe ich schon immer gemocht. Vielleicht liegt es daran, dass meine Mutter in einer Buchhandlung arbeitet und Jackie, meinem Bruder Philipp und mir immer supertolles Lesefutter mit nach Hause bringt.

Gerade ist Björn-Dakota dran, und er beweist eindrucksvoll, dass das schöne Lesen noch nie eines seiner Vorlieben gewesen ist. Es hapert so ziemlich an allem, worauf Frau Schönerscheidt Wert legt. Nach jedem Satz, den BD herausleiert, verfinstert sich ihre Miene. Blümchen stößt ein tiefes Seufzen aus, und Kristina, Marie und Annabelle, alias *die Pissnelken*, kichern hinter vorgehaltenen Händen.

»Ich glaube, du brauchst ein wenig Hilfe«, unterbricht meine Klassenlehrerin Björn-Dakota schließlich genervt und ihr Blick wandert zu mir und Blümchen herüber. »Kamilla, würdest du bitte weiterlesen?«

Blümchen reagiert nicht, und ich sehe, dass sie den Blick gesenkt hält und unter dem Tisch auf ihrem Handy herumtippt.

»Kamilla!«, donnert Frau Schönerscheidt, ehe ich meiner Freundin einen warnenden Stupser verpassen kann.

Blümchen zuckt zusammen.

»Ja, äh ... was ...?«, stammelt sie, und im nächsten Moment poltert ihr Handy zu Boden.

»Oh, wie ich sehe, warst du gerade anderweitig beschäftigt«, kombiniert Frau Schönerscheidt messerscharf und kommt nun mit flinken Schritten auf uns zu.

Reflexartig tauche ich unter den Tisch ab, um das

Handy vom Boden aufzuklauben, doch leider hat Blümchen dieselbe Idee und so rasseln wir krachend mit unseren Köpfen zusammen.

»Aouuh!«, jaule ich, und Blümchen faucht: »Mann, bist du bescheuert?«

»Ich wollte doch nur ...«, verteidige ich mich.

»Ja, ja«, knurrt Blümchen.

Sie streckt ihre Hand aus, um nach dem Handy zu greifen, aber unsere Klassenlehrerin ist schneller.

Frau Schönerscheidt schnappt sich das begehrte Teil, richtet sich hastig wieder auf, streicht ihr Kleid glatt und stolziert mit einem triumphierenden Lächeln auf den Lippen zum Lehrerpult zurück.

»Dann wollen wir doch mal sehen, wen du meinem Unterricht vorziehst.«

»Das geht Sie gar nichts an!«, ruft Blümchen empört. »Das ist nämlich meine Privatsache.«

»Irrtum, meine Liebe«, erwidert unsere Klassenlehrerin. »Die Benutzung eines Mobilfunkgerätes während der Schulstunden ist verboten. Und deshalb ...«

»Wenn Sie Blü... äh, Kamillas Nachrichten lesen, sage ich allen, welche Farbe Ihre Unterhose hat!«, rufe ich empört dazwischen.

Sofort fliegen alle Blicke zu mir.

Die Pissnelken prusten los.

»Oh ja!«, johlt Jannik. »Los, sag es!«

Frau Schönerscheidt lässt das Handy sinken und fixiert mich mit zusammengekniffenen Augen.

»Das wirst du nicht tun, Lilly Wunderbar«, erwidert sie drohend. »Denn das hätte unangenehme Konsequenzen für dich.«

»Dann lasst uns doch einfach raten!«, ruft Ole, dessen Stimme sich seit den Osterferien abwechselnd wie eine quietschende Tür oder wie ein ratternder Rasierapparat anhört.

»Rosa!«, brüllt Bent.

»Ne, braun!«, hält Jannik dagegen. »Sollen wir wetten?«

»Schluss jetzt!«, donnert Frau Schönerscheidt.

Ihr Gesicht ist dunkelrot angelaufen. Zornig knallt sie Blümchens Handy auf den Lehrertisch. Ein unheilvolles Knacksen ertönt, das sogar ich bis zu meinem Platz in der vorletzten Reihe hören kann.

»Scheiße, jetzt haben Sie es kaputt gemacht«, platzt es aus Niklas heraus.

»Unsinn!« Frau Schönerscheidt nimmt das Handy und begutachtet es stirnrunzelnd. »Kamilla hat es zu Boden fallen lassen«, sagt sie, während sie nun im Zeitlupentempo so fahl wie die Wand neben der Tafel wird. »Es funktionierte schon nicht mehr, als ich es aufgehoben habe.«

»Das kann ja jeder behaupten«, kommt es klar und deutlich und mit perfekter Betonung von Björn-Dakota. Er springt von seinem Stuhl auf und flitzt nach vorne. »Kann ich mal sehen?«

Unsere Klassenlehrerin schüttelt energisch den Kopf,

öffnet ihre Tasche und lässt das Handy hineingleiten.

»Das Mobilfunkgerät ist beschlagnahmt.«

»Das dürfen Sie nicht«, sagt BD.

Er klingt jetzt ziemlich wütend.

»Darüber hast du wohl kaum zu befinden«, gibt Frau Schönerscheidt zurück.

»Das *Mobilfunkgerät*!«, stöhnt Jannik, verdreht die Augen, klatscht sich gegen die Stirn und fällt seitlich vom Stuhl. Er krabbelt unter dem Tisch hervor und robbt auf unsere Klassenlehrerin zu. »Was krieg ich, wenn Ihre Unterhose tatsächlich braun ist?«, feixt er.

In diesem Augenblick läutet es.

»Das wird ein Nachspiel haben!«, verkündet Frau Schönerscheidt.

Sie ergreift ihre Tasche und rauscht auf den Gang hinaus.

»Und was ist mit meinem Handy?«, brüllt Blümchen ihr hinterher.

»Das kannst du erst mal vergessen«, prophezeie ich ihr.

Ich erinnere mich nämlich noch sehr gut an das letzte Schulhalbjahr, als ich meinen Rucksack im Klassenraum vergessen und Frau Schönerscheidt ihn danach in Gewahrsam genommen hatte. Damals hat es geschlagene drei Tage gedauert, bis ich ihn zurückbekam.

»So ein Mist!« Fluchend stopft Blümchen die Deutschunterlagen in ihre Umhängetasche. »Jetzt hatte ich ihn gerade so weit, dass er sich vielleicht mit mir treffen wollte.«

»Wer? Jakob-popa-kob?«

»Wer sonst?«, brummt sie. »Und hör endlich auf, ihn so zu nennen.«

»Das würde ich«, erwidere ich. »Wenn er nicht so irreal wäre.«

»Jakob ist nicht irreal, sondern äußerst real«, korrigiert Blümchen mich.

Ich schließe den Schnappverschluss meines Rucksacks und hieve ihn mir über die Schulter.

»Nicht für mich. Mir kommt es manchmal so vor, als ob das Ganze nur ein Traum gewesen wäre.«

»Du schreibst ja auch nicht mit ihm«, erwidert Blümchen. »Zum Glück.«

Also, das sehe ich ein bisschen anders. Wenn ich mit Jakob schreiben würde, wären die beiden nämlich längst zusammen. Ich meine: richtig zusammen. Stattdessen führen sie seit den letzten Herbstferien eine reine SMS-Beziehung. Dabei hatte alles so gut angefangen, zumindest, wenn ich Blümchens Berichten glauben darf. Danach war das erste und bisher leider einzige Treffen der beiden ziemlich gut verlaufen. Warum sie das Ganze dann nie wiederholt haben, begreife ich bis heute nicht.

»Was mache ich denn jetzt?«, jammert Blümchen.

»Keine Ahnung«, sage ich schulterzuckend. »Vielleicht solltest du zur Abwechslung mal mit ihm telefonieren.« Meiner Meinung nach wäre das jedenfalls schon mal ein Fortschritt. »Oder noch besser: skypen.«

»Keine gute Idee«, brummt Blümchen.

»Und wieso nicht?«, frage ich.

»Weil Jakob inzwischen garantiert vergessen hat, wie ich aussehe.«

»Hm. Warum sollte er?«

»Weil unser Treffen bereits Monate her ist«, verdeutlicht Blümchen mir.

»Das ist ja das Problem«, sage ich.

Meine Freundin nickt.

»Eben. Und jetzt komm, vielleicht erwische ich Frau Schönerscheidt ja noch im Lehrerzimmer.«

Das kann ich mir zwar nicht vorstellen, trotzdem widerspreche ich nicht. Blümchen wird sowieso nicht eher Ruhe geben, bis sie sich mit eigenen Augen davon überzeugt hat, dass unsere Klassenlehrerin längst über alle Berge ist. Ich dackele also neben ihr her den Gang entlang und die Treppe in die Pausenhalle hinunter.

»Ich warte so lange hier«, sage ich und lehne mich neben der Eingangstür gegen die Wand, während Blümchen in Richtung Direktorat und Lehrerzimmer abbiegt.

Sollte Frau Schönerscheidt nämlich doch noch im Lehrerzimmer sein, möchte ich ihr unter gar keinen Umständen vor die Füße laufen. Inzwischen würde ich mir am liebsten in den Hintern beißen, weil mir das mit der Unterhosenfarbe herausgerutscht ist. Erstens konnte ich meiner Klassenlehrerin in Wahrheit gar nicht so weit unter den Rock gucken, und zweitens ist es weder nett noch besonders klug gewesen, so etwas in die Klasse zu posaunen. Ich weiß doch, wie die Jungs sind, und hätte mir denken können, dass zumindest Jannik sofort darauf einsteigen würde.

BDs Verhalten fand ich aber ziemlich toll. Ohnehin hat er sich in den letzten Monaten immer mehr zum Positiven verändert und mittlerweile mag ich ihn richtig gern.

Ob er wohl noch immer in Blümchen verliebt ist? Anmerken lässt er sich das zumindest nicht. Dabei kommen die beiden seit ihrem gemeinsamen Auftritt bei unserer Talentpräsentation auf dem Schulfest letzten Herbst eigentlich recht gut miteinander klar.

Oh Mann, es könnte alles so viel unkomplizierter sein, wenn Björn-Dakota und Blümchen zusammen wären. Die Geschichte mit Jakob gefällt mir nämlich überhaupt nicht. Dabei fand ich ihn damals ziemlich cool. Es war total süß, wie er mit Blümchens Schwindelei umgegangen ist, und daher will mir auch partout nicht in den Kopf, dass die beiden sich danach nie wieder getroffen haben. Manchmal denke ich, dass sie ihm irgendwas Blödes geschrieben hat. Unabsichtlich vielleicht. Und dass er sie deshalb nicht mehr sehen will.

Aber wieso simsen sie dann die ganze Zeit? Ich kapier

das einfach nicht und würde Blümchen sooo gerne helfen. Aber leider hält sie mich ja, was Jungs betrifft, für total unterbelichtet.

Außerdem habe ich im Moment genug damit zu tun, meine eigenen Sorgenfalten zu glätten. Hier steht Yassi ganz oben auf der Liste. Bei ihr muss ich mich so schnell wie möglich entschuldigen, und da passt es ganz gut, dass ich gleich sowieso ohne Blümchen zu Oma Brille nach Wittenfeld hinausfahre.

Verzwickt, verzwackt, vertrackt

Nachdem Blümchen aus dem Bürotrakt zurückgekehrt ist, begleite ich sie zum Fahrradunterstand.

»Wetten, dass Frau Schönerscheidt noch da war«, beharrt sie. »Garantiert hat sie sich irgendwo versteckt.«

Klar doch. Wahrscheinlich unter dem Lehrerzimmertisch oder hinter dem Kopierer!

»Wenn sie mir das Handy morgen nicht zurückgibt, beschwere ich mich beim Handaufsherz«, wettert meine Freundin weiter, während sie ihren Drahtesel aus dem Ständer zerrt.

»Tolle Idee«, erwidere ich. »Würde ich auch tun.«

»Mann, Lilly!«, schnaubt Blümchen und knallt ihre Tasche auf den Gepäckträger. »Dann mach doch bitte mal einen besseren Vorschlag!«

»Kein Problem, ich habe meine Wundersprücheersatzschachtel immer dabei.«

»Hör mir bloß damit auf!«, knurrt Blümchen. »Deine Sprüche haben mir noch nie weitergeholfen.«

Was absolut nicht stimmt. Das Gegenteil ist der Fall,

und das würde ich ihr auch am liebsten sofort unter die Nase reiben. Aber wenn Blümchen auf hundertachtzig ist, tut man gut daran, ihr weder zu widersprechen noch mit irgendwelchen klugen Argumenten zu kommen. Und deshalb sage ich nur: »Aha.«

»Ein Gutes hat das Ganze jedenfalls«, eröffnet sie mir nun. »Jakob kann mir jetzt so viel schreiben, wie er will ... Ich muss ihm nicht mehr antworten.«

Okaaay ...?

»Ich weiß, dass du das nicht verstehst.«

Blümchen bedenkt mich mit einem genervten Blick. Dann schwingt sie sich auf den Sattel und braust davon.

Für ein paar Augenblicke stehe ich wie belämmert da und gucke ihr noch belämmerter hinterher.

»Pass auf, Blümchen«, murmele ich und setze mich langsam in Bewegung. »Jetzt reden wir mal Klartext: Ich verstehe nicht nur *das* nicht, sondern vor allem *dich* nicht ... *mehr.*«

Und dabei handelt es sich eindeutig um die niederschmetterndste Erkenntnis des Jahrhunderts!

Mit hängenden Schultern trotte ich über den Schulhof und mache mich auf den Weg zur U-Bahn-Station. Früher – und das heißt: vor Jakob – hätte Blümchen mich auf den Gepäckträger genommen und dorthin kutschiert. Sie wäre sogar mit mir zum Bahnsteig hinuntergestiegen, um nicht eine einzige wertvolle Sekunde des Zusammenseins mit mir zu verpassen.

Früher hatten wir immer was zu quatschen, zu planen und zu lachen. Und so wie es sich für echte allerbeste Freundinnen gehört, haben wir auch stets alle Probleme gemeinsam gelöst.

Ich mag nicht einsehen, dass das nicht wieder so sein kann, und daher werde ich auch nicht aufgeben, sondern die vertrackte Angelegenheit erst einmal beiseitelegen und die weniger verzwickten Dinge angehen.

Nachdem ich dreimal tief geseufzt habe und mein Herz dabei immer schwerer geworden ist, zwinge ich mich zu einer aufrechten Haltung. Ich straffe die Schultern, recke meine Brust heraus und richte den Blick nach vorn. Und da fallen sie mir ins Auge: die drei Pissnelken Kristina, Marie und Annabelle in ihren hellblauen Gitzertops, den Silberjeans (mit denen sie seit einer Woche tierisch angeben) und den bescheuerten Hochsteckfrisuren mit den noch bescheuerteren Glimmerspängchen darin.

Wie die Hühner auf der Stange hocken sie nebeneinander auf der Mauer vor der Sparkasse, haben wie immer die Köpfe zusammengesteckt und kritzeln in einem quietschgelben Notizbuch herum.

Ihre Rucksäcke stehen ebenso fein säuberlich aufgereiht neben ihnen auf dem Boden. Natürlich besitzen sie alle drei den gleichen pinkfarbenen mit haargenau den gleichen Schmetterlingsansteckern und love- und kiss me-Buttons an den exakt identischen Stellen. Ich möchte nicht wissen, wie viel Zeit sie damit zugebracht haben, das alles genau auszumessen, und ich will mir auch nicht vorstellen, was passiert, wenn eine von ihnen einen dieser Anstecker verliert. Vermutlich ist dann richtig große Krise angesagt.

Auf dem Rucksack direkt neben Kristina liegt ein extrem rutschgefährdeter Kollegblock.

Ich verlangsame meinen Schritt und überlege, ob ich den Umweg durch die Hinterhaussiedlung machen soll, denn ich habe wenig Lust, von den dreien entdeckt und mit höhnischen Kommentaren überhäuft zu werden. Für die Pissnelken, mit denen wir seit der fünften Klasse verfeindet sind, ist es nämlich stets ein gefundenes Fressen, wenn sie Blümchen, Yassi oder mich irgendwo alleine erwischen.

Ich will gerade in die Rottenwälderstraße einbiegen, als eine Windböe in den Kollegblock auf dem Rucksack fährt, die Seiten aufblättert und ein loses Blatt herausweht. Es flattert den Bürgersteig entlang, bleibt kurz an dem hervorstehenden Zweig einer Hecke hängen und wird dann vom Wind auf die Straße und schließlich genau auf mich zugetrieben.

Ich bleibe wie angewurzelt stehen und gucke angespannt zu den Pissnelken hinüber. Keine von ihnen scheint das davonfliegende Kollegblatt bemerkt zu haben, dazu sind sie viel zu sehr in ihre Notizen vertieft.

Mittlerweile klebt der Zettel platt auf dem Straßenasphalt – nicht mehr als zwei bis drei Meter von mir entfernt. Die Verlockung ist einfach zu groß, als dass ich ihr widerstehen könnte.

Hastig schaue ich nach rechts und links, lasse einen Kleinlaster und ein Moped passieren und hechte auf die Fahrbahn. Ich ergreife das Kollegblatt, knülle es zusammen und stopfe es in meine Hosentasche.

Dann hechte ich wieder auf den Gehweg zurück und renne wie von der Tarantel gestochen die Rottenwälderstaße entlang.

Ich erwische die U-Bahn in letzter Sekunde, gehe bis ganz nach hinten durch und sinke völlig aus der Puste auf einen freien Viererplatz. Dort rutsche ich bis ans Fenster, stelle meinen Rucksack neben mich auf die Bank und friemele die Pissnelken-Notiz aus meiner Hosentasche hervor. Ich ziehe sie auseinander und streiche sie glatt. Es ist nur eine Seite des Blattes beschrieben, und wie ich insgeheim gehofft habe, handelt es sich dabei nicht um irgendwelche langweiligen Schulaufzeichnungen, sondern um hochbrisanten privaten Pissnelken-Kram.

Our Boys-Favourits

steht als Überschrift drüber, ist drei Mal unterstrichen und von roten Herzchen umrahmt. Darunter sind drei

Spalten angelegt, je eine für jede Pissnelke, denen die Namen einiger Jungs aus unserer Schule zugeordnet sind. Die meisten davon kenne ich gar nicht, weil ich mich bisher nicht groß für Jungs interessiert habe. Aus unserer Klasse ist nur Jannik dabei, und der steht bei Marie ganz hoch im Kurs, nämlich auf Platz 2. Bent, Björn-Dakota und Ole haben sie durchweg als NO-GOs eingestuft ... Tja, und dann gibt es einen aus der Parallelklasse, den – ich glotze und staune! – sowohl Kristina als auch Marie und Annabelle supertoll finden, nämlich:

❤ ❤ ❤ Fuat ❤ ❤ ❤

Ich bin so sehr mit dem Pissnelken-Zettel beschäftigt, dass ich nur aus dem Augenwinkel mitkriege, wie zwei Jungs an mir vorbeilaufen, kurz zögern und sich dann auf die freie Sitzbank mir gegenüber sinken lassen.

»Na, da wird der Gute sich aber freuen«, murmele ich und grinse in mich hinein.

»Hast du die Herzchen gesehen?«, fragt einer der Jungs, woraufhin ich auf der Stelle in eine Schockstarre falle.

Die Stimme kenne ich nämlich leider allzu gut.

»Das wäre aber nicht nötig gewesen«, sagt die andere.

»Stimmt«, bestätigt die erste. »Der Schlüssel hätte mir voll und ganz gereicht.«

Allerdings! Mir reicht es jetzt ebenfalls!

»Lasst mich gefälligst in Ruhe!«, fauche ich und

stopfe die Pissnelken-Liste eilig in meine Hosentasche zurück. »Die Herzchen haben überhaupt nichts mit euch zu tun!«

»Schade«, sagt Malte.

»Du weißt auch nicht, was du willst«, fahre ich ihn an. »Herzchen oder Schlüssel?«

»Oder Küsschen«, ergänzt er und zwinkert mir zu.

Ich spüre, wie mir die Hitze hinter den Ohren aufsteigt, und kämpfe nach Kräften dagegen an.

»Deinen Schlüssel kannst du dir bei meiner Oma abholen«, presse ich zwischen den Zähnen hervor. »Falls du ihn überhaupt noch brauchst.«

Die beknackte Entführung-mit-Kuss-Aktion dieser beiden Vollidioten aus Oma Brilles Siedlung ist inzwischen nämlich ebenfalls über ein Dreivierteljahr her. Bis kurz vor den Weihnachtsferien hat Luis mir in mehr oder weniger regelmäßigen Abständen noch Nachrichten aufs Smartphone geschickt, die alle darauf abzielten, dass er sich den Schlüssel persönlich bei mir abholen und das Ganze mit einem Treffen bei einem Eis oder im Kino verbinden wollte.

Obwohl ich damals in einem Anfall von geistiger Umnachtung und natürlich in aller Heimlichkeit gewisse Sympathien für einen der beiden entwickelt hatte (dessen Namen ich lieber für mich behalte), bin ich nicht darauf eingegangen. Luis und Malte wussten schließlich, wo der Schlüssel war, und hätten ihn sich jederzeit besorgen können. Außerdem hatten sich besagte Sympathien auch ziemlich schnell wieder verflüchtigt, und ich war einfach nur heilfroh, dass diese Blödköppe uns endlich in Ruhe ließen.

»Klar, brauche ich den«, erwidert Malte, während er mich ungeniert von oben bis unten mustert. »Mein Vater macht mir deswegen ständig die Hölle heiß.«

Wieder schießt mir die Röte ins Gesicht, und damit die beiden Jungs meine Verlegenheit nicht bemerken, fummele ich geschäftig an meinem Rucksack herum.

»Du bist nicht zufälligerweise gerade auf dem Weg zu deiner Oma?«, fragt Luis.

»Nee«, sage ich, was sogar stimmt, denn ich will ja vorher noch rasch bei Yassi vorbei.

»Das ist aber blöd«, entgegnet Luis.

»Macht nix«, meint Malte. »Ich kann heute eh nicht.«

»Hm«, überlegt Luis. »Aber dann könnte ich den Schlüssel doch für dich abholen. Ich hab ohnehin nichts Besseres vor.«

»Was soll das denn jetzt?«, frage ich meinen Rucksack. »Du bist doch sowieso derjenige gewesen, der mir die ganzen SMS geschickt hat.«

»Wie bitte?«, staunt Malte. »Dein Rucksack schickt dir SMS? Ist ja krass.«

»Der doch nicht!«, pflaume ich ihn an, und jetzt ist es mir auch egal, wenn er und Luis meine rote Birne sehen. Wut und Verlegenheit äußern sich nämlich mit ganz ähnlichen Symptomen. »Sondern der da!«, fauche ich und deute auf Luis.

»Nee, oder?« Malte wendet sich seinem Kumpel zu. »Ich glaub, es hackt. Lilly ist doch mein Mädchen.«

Wie bitte? Ich hab ja wohl einen Gehörschaden!

»Wenn überhaupt, bin ich mein eigenes Mädchen!«, stoße ich empört hervor, packe meinen Rucksack und springe auf. Hier werde ich ganz sicher keine zwei Sekunden länger bleiben.

»Ach so ist das«, sagt Malte mit todernster Miene. »Du bist also gar kein Mädchen.«

»Puh!« Luis bläht die Backen. »Das ändert natürlich alles.«

»Hä?« Irritiert gucke ich von einem zum anderen.

»Na ja …« Malte kratzt sich am Kopf. »Genau genommen hat sie gesagt, dass sie sich nicht sicher ist.«

»Aber du meinst, sie könnte tatsächlich auch ein Junge sein?«, fragt Luis mit gespielt bestürzter Miene.

»Pfff!«, schnaube ich. »Ihr seid ja nicht ganz dicht!« Und dann sehe ich zu, dass ich Land gewinne, haste wieder bis ganz nach vorn zurück und wechsele beim nächsten Halt sicherheitshalber sogar den Waggon.

Natürlich ist das ziemlich plemplem, denn am Ende steigen Malte, Luis und ich ja an derselben Station aus. Doch so bleibt mir wenigstens noch etwas Zeit, mich abzuregen und mir zu überlegen, wie ich den Jungs in Wittenfeld am besten aus dem Weg gehe. Die sicherste Lösung, die mir dazu einfällt, ist, einfach ein Stück weiter- und dann wieder zurückzufahren. Yassi oder Blümchen würde ich so etwas allerdings niemals durchgehen lassen. Vor Jungs wegzulaufen, ist nämlich echt das Allerletzte!

Als die U-Bahn in Wittenfeld hält, bin ich auf alles gefasst. Sollen Luis und Malte mir doch weiter ihre Frechheiten ins Gesicht schmettern und sich über mich lustig machen, meinetwegen können sie sogar denken, dass ich sie oder zumindest einen von ihnen irgendwie gut finde! All das ist mir völlig piepsepupsegal.

Wenn sich hier nämlich jemand blöd vorkommen muss, dann ist es Malte. Schließlich ist er es gewesen, der im letzten Herbst partout einen Kuss von mir wollte – und natürlich nicht bekommen hat. Wahrscheinlich ist das Ganze sowieso nur eine von ihren berühmt-berüchtigten Veräppelungs- oder Racheaktionen gewesen. Ebenso wie Luis' SMS an mich garantiert auch nur eine dumme Verarsche waren. Was für ein Segen, dass ich nicht darauf eingestiegen bin! Hundertprozentig wären dann nämlich alle beide erschienen, um sich darüber zu amüsieren, dass ich ja wohl ganz offensichtlich in Luis verknallt sei. – Pah! Dabei würde mir so etwas nicht einmal im Traum passieren. Und wenn, wäre es der gruseligste Albtraum aller Zeiten. Jawohl!

Mit all diesen Erkenntnissen und Gedanken fühle ich mich bestens gewappnet, und deshalb bin ich fast ein bisschen enttäuscht, als ich Malte und Luis weder aus dem hinteren Waggon aussteigen noch den Bahnsteig entlanglaufen sehe.

»Egal«, murmele ich.

Jede Minute, die ich nicht mit diesen Lappen verbringen muss, ist eine gute Minute!

Ich verlasse die U-Bahn-Station über die Rolltreppe und laufe mit schnellen Schritten zum Einkaufszentrum.

Yassi wohnt schräg gegenüber vom türkischen Bio-Imbiss ihrer Eltern. Der Hauseingang liegt gleich neben dem Schreibwarengeschäft. Meine Finger zittern ein wenig, als ich auf den Klingelknopf drücke, und ich hoffe inständig, dass meine Freundin zu Hause ist.

Bitte, bitte, flehe ich, aber weder der Summer ertönt noch meldet sich jemand über die Sprechanlage. Ich trete zurück und sehe zu Yassis Fenster im dritten Stock hinauf. Das Zimmer, das sie sich mit ihrer Schwester Busra teilt, liegt nämlich nach vorne raus. Es steht auf Kipp und die Vorhänge sind zugezogen.

»Yassi!«, rufe ich. »Yassi?«

Dann läute ich ein zweites Mal.

Als sich noch immer nichts tut, beschließe ich, im Imbiss nachzufragen. Vielleicht ist Yasemin ja dort, um etwas zu Mittag zu essen oder weil sie aushelfen muss ... oder ... Ein furchtbarer Gedanke schießt mir durch den Kopf: Was, wenn Yassi sich bei ihren Eltern über mich ausgeheult und ihnen und ihrer Tante brühwarm erzählt hat, ich hätte behauptet, Yenge Hatice würde ihre Familie terrorisieren?

Oh nein! Oh nein! Oh nein! Hoffentlich hat sie das nicht getan! Dann nämlich werden die Celiks garantiert der Meinung sein, dass ich einen schlechten Einfluss auf Yassi habe und ihr womöglich sogar den Umgang mit mir verbieten.

»Hallo, Lilly!«, höre ich jemanden rufen.

Dass es nicht Yasemin ist, weiß ich sofort, und als ich mich umdrehe, sehe ich, dass Busra angelaufen kommt. In der einen Hand trägt sie eine Tüte vom Supermarkt und mit der anderen winkt sie mir zu.

Yassis große Schwester trägt ein kniekurzes hellgrünes Wickelkleid mit tiefem Ausschnitt. Die vielen Ketten um ihren Hals klimpern bei jedem Schritt. Ihre Augen leuchten und ihre dunklen Locken glänzen im Sonnenlicht.

Busra ist wirklich wunderhübsch und zu meinem großen Erstaunen wirkt sie überhaupt nicht traurig oder verzweifelt. Macht ihr die Trennung von ihrem Freund Martin etwa überhaupt nichts aus?

»Hallo«, sage ich und nicke ihr zu.

»Öffnet Yasemin dir gar nicht?«, fragt sie, stellt die Einkaufstüte ab und kramt einen Schlüssel aus ihrer Handtasche hervor.

Ich schüttele den Kopf.

»Ist sie denn da?«

»Vor zwanzig Minuten war sie's noch«, erwidert

Busra. »Okay, sie ist ein bisschen durch den Wind. Das kannst du dir sicher denken.«

»Mhm«, mache ich und senke betreten den Blick.

Ihrer Schwester hat sie also von unserem Streit erzählt. Na, hoffentlich macht Busra mir jetzt keine Vorhaltungen.

Doch zum Glück scheint ihr danach überhaupt nicht der Sinn zu stehen. Leise vor sich hin summend öffnet sie die Haustür und lässt mich eintreten. Ich warte, bis sie die Supermarkttüte ergriffen hat und folge ihr dann langsam die Treppe hinauf bis zur Wohnung.

Busra schließt auf und schiebt mich in den Flur.

»Geh ruhig«, ermuntert sie mich. »In einer halben Stunde gibt es was zu essen. Falafel in Paprikasoße und Minzjoghurt. Dazu frisches Sesambrot.« Sie zwinkert mir zu. »Na, wie klingt das?«

»Ziemlich gut«, sage ich. »Aber meine Oma hat bestimmt auch zu Mittag gekocht.«

»Dann pack ich dir eben für später eine Portion ein«, meint Busra. »Falls du möchtest ... Falafel schmecken nämlich auch kalt ganz vorzüglich«, fügt sie mit einem Lächeln hinzu.

»Vielen Dank«, sage ich. »Das ist wirklich nett.«

»Oh wow, das klingt ja richtig begeistert!«

»Tut mir leid, ich habe gerade nicht so wahnsinnig großen Appetit«, rechtfertige ich mich und nicke in Richtung Yassis Zimmertür.

»Versteh ich«, meint Busra. Sie hängt ihre Handtasche

an die Garderobe und streift ihre Sandalen ab. »Aber keine Sorge: Mit der Zeit wird sie sich schon daran gewöhnen.«

Hä?, denke ich, denn wieder einmal kapiere ich nur Bahnhof. Es kann doch wohl nicht sein, dass Yassi die Trennung ihrer Schwester von deren Freund mehr ausmacht als Busra selbst!

»Na, geh schon«, fordert sie mich noch einmal auf. »Gerade jetzt wird Yasemin sich ganz besonders über Besuch freuen.«

Irritiert starre ich Yassis große Schwester an. Nichts von den Dingen, die mir gerade im Kopf herumspuken, passt zu dem, was sie sagt. Ich fühle mich wie im falschen Film.

Busra scheint allerdings nichts von meiner Verunsicherung zu bemerken, denn sie verschwindet jetzt ohne ein weiteres Wort mit ihrer Einkaufstüte in der Küche.

Ich ziehe meine Turnschuhe aus und stelle sie neben Busras Sandalen. Dann tappe ich leise auf Yassis Zimmer zu und klopfe zaghaft an die Tür.

»Lass mich in Ruhe!«, bekomme ich als Antwort, bin mir aber nicht sicher, ob sie überhaupt mich damit meint. Also hole ich tief Luft und rufe:

»Yassi, ich bin's. Lilly ... Kann ich dich kurz sprechen?«

Zuerst kommt nichts, dann sagt sie: »Von mir aus.«

»Soll ich reinkommen?«, frage ich, da schwingt die

Tür bereits auf, und ich sehe, wie Yassi hastig zu ihrem Bett zurückhuscht und den Blick auf die Vorhänge heftet.

»Willst du mir die Hausaufgaben bringen?«, erkundigt sie sich mit gepresster Stimme.

»Ähm …«, sage ich, trete ins Zimmer und drücke die Tür hinter mir zu. »Ja, klar, die kann ich dir natürlich auch geben. Aber deswegen bin ich nicht hier.«

»Weswegen dann?«

»Um dir zu sagen, dass es mir leid tut«, krächze ich. »Das mit deiner Tante Hatice … das ist mir nur so rausgerutscht. Ich hab's nicht so gemeint. Jedenfalls nicht so krass. Ehrlich nicht«, beschwöre ich sie.

»Stimmt doch aber«, entgegnet sie. Ihre Stimme klingt total komisch. »Tante Hatice terrorisiert unsere ganze Familie. Das Beste wäre, wenn sie wieder zurückgeht.«

»Was? In die Türkei?«

»Genau! Und uns endlich in Ruhe lässt«, platzt es aus Yassi heraus. »Sogar Akin …« Sie bricht ab und sieht auf ihre Hände, die sie auf ihre Oberschenkel presst und zu Fäusten ballt.

»Und ich dachte …«, stammele ich, formuliere den Satz aber auch nicht zu Ende. »Warum bist du denn dann heute Morgen einfach weggerannt?«, stoße ich stattdessen aus.

»Weil ich es nicht mehr aushalte«, erwidert meine Freundin mit wackeliger Stimme. »Diese dauernden

Streitereien. Und anstatt mal richtig auf den Tisch zu hauen, sagt Mama immer nur: Wir müssen Verständnis für Tante Hatice haben. Sie meint es ja nicht böse, sie macht sich nur Sorgen.«

»Aber wieso hast du denn nie was gesagt?«, frage ich, während ich auf sie zugehe und mich vorsichtig neben ihr auf der Bettkante niederlasse.

»Weil du und Blümchen ... weil ihr mir dauernd kluge Ratschläge geben wollt und nicht versteht, wie schwierig alles ist.« Yassi schlägt die Hände vors Gesicht und fängt fürchterlich an zu weinen.

»Schsch«, sage ich leise und berühre sie sachte am Rücken. »Ist ja gut.«

Yassi nimmt die Hände runter und fährt zu mir herum.

»Das ist es eben nicht, Lilly!«, jault sie. »Gar nichts ist gut. Und jetzt zieht Busra auch noch aus.«

»Was?«, hauche ich. »Aber ...«

»Aber, aber, aber!« Wieder ballt Yassi ihre Hände und trommelt mit den Fäusten auf ihre Schenkel ein. »*Aber* mach doch einfach dies oder das ... *aber* sieh es doch mal so ... Das ist alles, was ihr sagen könnt. So einfach ist es leider nicht, Lilly! Ganz und gar nicht! Und weißt du was?«, schnaubt sie, greift nach ihrem türkisfarbenen Tuch und zerrt es sich mit einem Ruck vom Kopf herunter. »Dieses blöde Ding hier geht mir auch total auf den Senkel!«

»Aber Yassi ...«, stammele ich.

Meine Freundin presst sich die Hände auf die Ohren und sieht mich aus tränenüberströmten Augen an. Die dunklen Locken reichen ihr bis fast zur Taille hinunter.

»Hör endlich auf mit diesen ganzen Abers«, schluchzt sie. »Ich ertrag das nicht mehr.«

Ich sehe sie an und weiß nicht, was ich sagen soll. In meiner Hilflosigkeit fange ich ebenfalls an zu heulen.

»Es tut mir leid«, schniefe ich. »Es tut mir so leid.«

Yassi nickt und weint und nickt und weint und nickt, als hätte ihr Gehirn eine Art Endlosschleifen-Programm gestartet, aus dem es nicht mehr herausfindet.

Auf dem kleinen Schränkchen neben Busras Bett entdecke ich eine bunte Pappschachtel mit Kosmetiktüchern. Ich stehe auf, ziehe ein paar davon heraus und reiche sie Yassi. Sie wischt sich damit über die Augen und knüllt sie schließlich zwischen ihren Händen zusammen.

»Ich will nicht alleine hierbleiben, Lilly ... Das Zimmer ist viel zu groß ... Außerdem hat Busra mir immer zur Seite gestanden, wenn Mama ... wenn Yenge Hatice ...«

»Das tut sie bestimmt immer noch«, sage ich, nehme mir ebenfalls ein Papiertüchlein und schnäuze mir leise die Nase.

»Ja, aber ...«

»Nein, Yassi, kein Aber«, unterbreche ich sie. »Wenn dieses Aber-Verbot für mich und Blümchen gilt, dann auch für dich.«

»Ja! Ja! Ja!«, brüllt sie so laut, dass ich vor Schreck einen Satz rückwärts mache.

Himmel noch mal, so kenne ich sie ja gar nicht! Eigentlich ist Yassi die Freundlichkeit in Person. Immer überlegt sie genau, was sie sagt, nie kommen Gemeinheiten über ihre Lippen und meistens sucht sie die Schuld bei sich. Noch nie habe ich sie dermaßen außer sich erlebt.

»Wann zieht Busra denn aus?«, frage ich vorsichtig.

»Ist sie schon. Sie wohnt jetzt bei Martin.«

»Das kapier ich nicht«, entgegne ich. »Heute Morgen hast du erzählt, dass die beiden sich getrennt haben.«

»Ich weiß.«

Yassi nickt und neuerliche Tränen quellen aus ihren Augen. Ich würde sie so gerne in den Arm nehmen und trösten, aber ich habe Angst, dass sie mich wegstößt und wieder zu schreien anfängt.

Ich werfe einen Blick zur Tür. Komisch, dass Busra noch gar nicht reingeschaut und gefragt hat, was los ist. Yassis Gebrüll muss doch in der ganzen Wohnung zu hören gewesen sein.

»Warum hast du mich denn angelogen?«, bohre ich weiter, immer noch darauf gefasst, dass Yassi wie eine Bombe hochgeht. »Vertraust du mir nicht?«

»Doch, tu ich«, antwortet sie stockend. »Mit dir hat das auch gar nichts zu tun.«

»Ach so?«, wundere ich mich. »Also, ich würde dir niemals etwas vorschwindeln, wenn ...«

»Ja, du!«, blafft Yassi. »Du lebst ja auch in einer ganz normalen Familie, in der es nur deine Eltern, dich und deine Geschwister gibt.«

Stimmt. Und selbst das kann manchmal ziemlich kompliziert sein. Aber so verzwickt und vertrackt wie bei den Celiks ist es bei uns natürlich nicht.

»Ich verstehe dich ja«, beginne ich noch mal von vorn. »Zumindest ein bisschen. Trotzdem hättest du mir doch nicht einen solchen Senf erzählen müssen.«

»Den Senf habe ich mir doch selber erzählt«, wimmert Yassi. Sie greift nach ihrem Tuch, knautscht es zusammen und drückt es sich ins Gesicht. »Ich hab mir vorgestellt, dass Busra mit einer Freundin zusammenzieht, ansonsten aber alles so bleibt, wie es ist. Ich dachte, dass es dann nicht so wehtut.«

»Was meinst du damit, Yassi?«, frage ich. »Was soll nicht mehr so wehtun?« Ich setze mich wieder neben sie und lege meine Hand behutsam auf ihre Schulter. Aber sie rückt sofort von mir weg, lässt sich in die Kissen fallen und zieht ihre Knie dicht an ihren Bauch.

»Lass mich bitte«, haucht sie. »Ich möchte jetzt allein sein.«

»Okay«, sage ich, wische mir noch einmal mit dem Kosmetiktuch über Nase und Augen und werfe es dann mitsamt Yassis vollgeheulten Tüchern in den Papierkorb unter dem Schreibtisch. »Aber wenn du morgen nicht zur Schule kommst, stehe ich wieder auf der Matte. Klar?«

Yassi presst sich das Tuch noch fester ins Gesicht und krächzt: »Kein Aber.«

»Na gut«, seufze ich und sehe sie unschlüssig an. »Dann melde dich einfach, wenn dir danach ist.«

Sie nickt kaum merklich, und ich erhebe mich langsam von ihrem Bett.

»Das Zimmer ist nicht zu groß«, sage ich, als ich an der Tür stehe und mich noch einmal nach Yassi umdrehe. »Ich finde, es ist genau richtig für dich.«

Läufige Hunde und verwirrte Jungs

Auf meinem Weg zu Oma Brille in die Rosenstraße geht mir das, was Busra mir zum Abschied gesagt hat, nicht aus dem Kopf.

»Ich habe keine Ahnung, was du jetzt von mir denkst, Lilly, aber eines verspreche ich dir: Ich lasse Yasemin nicht im Stich. Sie ist meine kleine Schwester, meine baci, und ich werde immer auf sie aufpassen. Ganz egal, wo ich bin.«

Als ich aus Yassis Zimmer kam, stand Busra in der Küchentür, und ich nahm ihr wortlos die Tüte mit den türkischen Köstlichkeiten ab, die sie mir entgegenhielt.

Warum sagst du ihr das nicht einfach?, lag es mir auf der Zunge, aber mein Hals fühlte sich so eng an, dass ich nichts herausbekam.

»Ich weiß, sie ist schrecklich enttäuscht von mir, und deshalb will sie mir auch nicht zuhören«, fuhr Busra so eindringlich fort, als hätte sie mir die Frage von der Stirn abgelesen. »Aber irgendwann wird sie begreifen, dass all das, was ich jetzt tue, auch ihr einmal zugutekommen wird.«

Yassi kann im Moment kein Aber ausstehen, wäre es mir fast herausgerutscht, und schließlich bin ich heilfroh gewesen, als die Haustür hinter mir ins Schloss fiel und ich endlich wieder tief durchatmen konnte.

Ich bin Busra nicht böse. Ich denke, ich habe begriffen, was sie meint. Na ja, jedenfalls so ungefähr.

Dass sie zu ihrem Freund Martin gezogen ist, findet ihre Tante garantiert nicht gut. Bestimmt macht sie deswegen allen die Hölle heiß. Aber wie ich Busra einschätze, wird die sich nicht einschüchtern lassen. Und dann werden ihre Eltern sich entscheiden müssen, ob sie zu ihrer Tochter oder hinter Tante Hatice stehen, und ich bin mir beinahe sicher, dass sie nicht lange darüber nachdenken müssen. Für mich zumindest wäre die Sache klar.

Ich bin so tief in Gedanken versunken, dass ich fast an Oma Brilles Haus vorbeilatsche.

»Hallo, Frolleinchen!«, ruft da jemand hinter mir her. »Gehst du gefälligst hinten rum!«

Wie vom Lasso eingefangen, bleibe ich stehen. Irgendwie kommt mir diese Stimme unangenehm bekannt vor. Allerdings werde mit *Frolleinchen* ja wohl kaum ich gemeint sein.

Langsam drehe ich mich um – und traue meinen Augen nicht. Was ich da sehe, kann eigentlich nur eine Halluzination sein: Malte, Luis und meine herzallerliebste Lieblingsgroßtante Elfriede, die Schwester von meinem verstorbenen Opa Herman, freundschaftlich vereint unter dem Vordach von Oma Brilles Hauseingang.

»Was macht ihr denn hier?«, platzt es aus mir heraus, und plötzlich ist mir auch klar, wer mir das *Frolleinchen* hinterhergerufen hat: Malte nämlich.

Er hat zwar ein wenig seine Stimme verstellt, sodass ich ihn nicht gleich erkannt habe, wirklich gelungen ist ihm das allerdings nicht. Yassi kann so etwas jedenfalls eine Million Mal besser als er.

»Na was wohl?«, erwidert Luis und hält breit grinsend Maltes Schlüssel in die Höhe.

»Super«, sage ich, während ich mich in Bewegung setze und Oma Brilles Grundstück betrete. »Dann könnt ihr ja jetzt verschwinden.«

»Hinten rum, junge Dame!«, befiehlt Tante Elfriede und fuchtelt mit beiden Händen in Richtung Garten.

Sie hat eine bunte Flatterbluse an, die am Hals mit einer Schleife zugebunden ist, und die sieht wie ein riesiger Schmetterling aus, der mitten auf ihrer Brust sitzt. Dazu trägt sie einen viel zu kurzen Rock, der ihre knubbeligen Waden mit den hunderttausend Krampfadern äußerst ungünstig zur Schau stellt, und einen großen gelben Hut, der mit einem Gesichtsschleier und einem üppigen Blumenbouquet auf der Krempe verziert ist.

Den Schleier finde ich eigentlich gar nicht so übel. Denn meine Großtante ist nun wirklich alles andere als eine Schönheit und sie anschauen zu müssen, nicht gerade ein Vergnügen.

»Wieso darf ich nicht ins Haus?«, frage ich.

»Weil ich es dir sage«, gibt Tante Elfriede gebieterisch zurück.

Ahaaa …? Verdutzt bleibe ich stehen.

»Wo ist denn Oma Brille?«

»Diesen blöden Köter suchen«, bekomme ich zur Antwort.

Meine Großtante stemmt die Hände auf ihre Hüften und wirft ihren Kopf so energisch nach hinten, dass das Blumenbouquet auf ihrem Hut gefährlich hin und her wogt. Prompt stelle ich mir vor, wie es herunterfällt, im nächsten Moment Tante Elfriedes hysterischer Pinscher Henriette aus dem Haus geschossen kommt, es sich schnappt und es irgendwo zwischen Brotbäckchens Katzenkothäuflein im Garten verbuddelt.

Aber leider bleibt das Bouquet, wo es ist, und während ich es in einer Mischung aus Faszination und Widerwillen anstarre, fängt in meinem Oberstübchen plötzlich die Alarmlampe an zu leuchten.

»Welchen blöden Köter?«, stammele ich.

Ihren über alle Maßen vergötterten Pinscher wird Tante Elfriede wohl kaum gemeint haben.

»Das ist nun wirklich eine ziemlich dumme Frage«, entgegnet sie kopfschüttelnd, und zum ersten Mal in meinem Leben muss ich dieser ollen Zecke recht geben. Außer Henriette von Ahlen lebt in diesem Haus nur noch ein einziger weiterer Hund, nämlich Oma Brilles sanftmütiger Border-Collie.

»Herr Semmelfein ist nicht blöd, sondern alt, taub und blind«, verteidige ich ihn. »Und wenn er tatsächlich weggelaufen ist ...«

»Willst du etwa behaupten, dass ich lüge?«, fällt Tante Elfriede mir entrüstet ins Wort.

»Nein, äh ...«

»Ich habe es schließlich mit eigenen Augen gesehen«, unterbricht sie mich aufs Neue. »Wie ein läufiger Rüde ist er hinter einer weißen Pudeldame hergerannt.«

Oje, denke ich erschrocken. Herr Semmelfein ist zwar ein Rüde, aber ganz sicher nicht läufig. Das wird wohl eher besagte Pudeldame gewesen sein. Ich wundere mich allerdings, dass Oma Brilles Border-Collie sich auf seine alten Tage noch von so etwas beeindrucken lässt.

»Wann war denn das?«, frage ich.

»Was weiß ich«, erwidert meine Großtante. »Irgendwann heute Vormittag.«

»Waaas?«, rufe ich entsetzt. »Sooo lange ist er schon verschwunden?«

»Tja.« Tante Elfriede zuckt bedauernd mit den Schultern. »So ist das eben, wenn sich ein alter Knacker einem jungen Frollein an den Hals wirft. Meine Henriette wollte ihn ja zum Glück nicht ranlassen.«

»Sie ist ohnehin viel zu klein für ihn«, sage ich, woraufhin sich Luis und Malte, die noch immer dumm wie Brotscheiben neben meiner Großtante stehen, feixend ansehen.

Bei einem Pudel sähe die Sache da schon etwas anders aus.

»Oma Brille ist bestimmt gleich hinterhergelaufen ...«, überlege ich, beschirme meine Augen mit der Hand und blicke die Rosenstraße hinauf und hinunter.

»Ach woher denn«, sagt Tante Elfriede und winkt ab. »Deine Großmutter war doch im Garten beschäftigt.«

Kapier ich nicht. »Und Herr Semmelfein?«

»Der natürlich nicht«, entgegnet sie und guckt mich an, als wäre ich zu blöd, um zu wissen, dass ein Hund weder mit einem Spaten noch mit einer Harke oder einem Rasenmäher umgehen kann.

»Angeblich hat er meine liebe Schwägerin bei der Arbeit gestört«, erklärt sie mir dann. »Brigitte wollte unbedingt, dass er im Haus bleibt. Aber dort war ihm wohl langweilig, und er hatte nichts besseres im Sinn, als über meine arme, kleine Henriette herzufallen.« Tante Elfriede holt tief Luft und schüttelt sich so heftig, als müsse sie einen Schwarm Blutegel loswerden, der sich in ihre Haut zu bohren versucht. »Dieser Mistkerl!«

Luis und Malte machen bierernste Gesichter und nicken eifrig.

Ich bemühe mich nach Leibeskräften, die beiden Idioten zu ignorieren, halte den Blick stur auf meine Großtante gerichtet und frage: »Und dann?«

Tante Elfriede zieht eine Schnute.

»Wie, und dann?«

Ich würde am liebsten genervt die Augen verdrehen, was allerdings bestimmt nicht gut bei ihr ankäme, und so beschränke mich darauf, ihr weiterhin einen Wurm nach dem anderen aus der Nase zu ziehen.

»Was ist passiert, nachdem Herr Semmelfein ein bisschen Spaß mit deiner Hündin haben wollte?«

»Ein bisschen Spaß? ... Ts!« Meine Großtante schüttelt den Kopf. »Was du dir so vorstellst!«

Gar nichts. Ich möchte einfach bloß wissen, wie es dazu gekommen ist, dass Herr Semmelfein einer Pudeldame nachlaufen konnte. Normalerweise ist er nämlich entweder im Haus oder im Garten, aber niemals auf der Straße.

»Weil er nicht von ihr ablassen wollte, musste ich Henriette ins Wohnzimmer sperren. Danach hätte dieser senile Köter fast die Tür zerkratzt«, berichtet Tante Elfriede nun mit grimmiger Stimme weiter. »Die arme Henriette hat zum Gotterbarmen gejault und ...«

»Ja, wahrscheinlich wollte sie doch ein bisschen Spaß haben«, murmele ich, woraufhin sich das Gesicht meiner Großtante zu einer Fratze verzerrt.

»Wie bitte? Was hast du gesagt?«

»Nichts«, entgegne ich hastig.

Malte zwinkert mir zu. Auch das beachte ich nicht, sondern konzentriere mich voll und ganz auf Tante Elfriede.

»Und was hast du dann gemacht?«

»Ich? Gar nichts!«, behauptet sie. »Das Gejaule war allerdings nicht auszuhalten, außerdem konnte ich wohl kaum tatenlos dabei zusehen, wie Herr Semmelfein mein Haus beschädigt.«

Ihr Haus! – Schon klar! Dass es ihr allenfalls zu einem Viertel gehört, scheint sie wohl völlig verdrängt zu haben. Aber das ist eine andere Geschichte und die interessiert mich im Augenblick überhaupt nicht.

»Du hast also doch eingegriffen!«, schlussfolgere ich.

»Natürlich!«, schnaubt meine Großtante, und das Blumenbouquet auf ihrem Kopf gerät mächtig ins Zittern. »Ich habe den feinen Herrn Hund vor die Tür gesetzt!«

Wie bitte? »Direkt hier vor die Haustür?«

»Wohin denn sonst?« Tante Elfriede wirft energisch den Kopf in den Nacken und diesmal rutscht der komplette Hut aus ihrem Haar. »Im Garten wollte Brigitte ihn ja nicht haben.«

»Du hast ihn also einfach weglaufen lassen?«, stoße ich fassungslos hervor.

»Was kann denn ich dafür, dass dieser Köter sich sofort einer Pudeldame an die Fersen heftet«, gibt meine Großtante zurück, während sie hektisch darum bemüht ist zu verhindern, dass ihr Hut zu Boden segelt.

Schließlich schnappt Luis ihn von ihrer Schulter und pflanzt ihn sich selbst auf den Kopf.

Es sieht lustig aus, aber im Moment steht mir leider überhaupt nicht der Sinn nach Scherzen.

»Gib ihn wieder her«, sagt Tante Elfriede und angelt nach ihrem Hut.

Doch Luis zieht ihn blitzschnell unter ihren Fingern weg und lässt ihn zu Malte hinüberfliegen.

»Da hört sich ja wohl alles auf!«, wettert Tante Elfriede. »Was seid ihr nur für freche Bengels! Wenn ich das geahnt hätte, hätte ich euch gar nicht erst auf mein Grundstück gelassen.«

»Tja ... so etwas nennt man wohl einen klassischen Fall von Fehleinschätzung«, meint Malte und zwinkert mir wieder zu.

Meine Großtante kriegt vor Empörung kein Wort mehr heraus und erleidet stattdessen eine Schnappatmung. Unterdessen saust der Hut wie eine Frisbeescheibe zwischen Luis und Malte hin und her.

»Seid ihr bescheuert!«, brülle ich. »Gebt ihn ihr sofort wieder zurück!«

Zu meiner Verblüffung gehorchen die beiden aufs Wort. Luis fängt den Hut als Letzter, ordnet kurz das Blumenbouquet und reicht ihn dann Tante Elfriede.

»Bitte sehr.«

Sie reißt ihm den Hut aus der Hand. Eine Stoffmargerite löst sich und landet dekorativ in der Buchsbaumkugel im Kübel neben dem Eingang.

»Und ihr verschwindet jetzt von hier, aber dalli!«, schimpft sie und scheucht Luis und Malte in Richtung Bürgersteig. Unterstützung erhält sie von Henriette von Ahlen, die im Haus zu wütendem Bellen ansetzt.

»Sag mir doch bitte noch, in welche Richtung Herr Semmelfein gelaufen ist!«, rufe ich gegen das Gekläffe an.

»Woher soll ich das wissen?«, blafft Tante Elfriede. »Als ich ein paar Minuten später noch mal nach ihm gesehen habe, war er verschwunden.«

Na toll!

»Du hast natürlich sofort Oma Brille alarmiert und …«

»Nein, das habe ich *natürlich* nicht!«, fällt meine Großtante mir ins Wort. »Erstens wollte Brigitte nicht gestört werden, zweitens hatte ich weiß Gott Wichtigeres zu tun und drittens wäre der Köter irgendwann schon wieder zurückgekommen.«

Sie wirft mir noch einen letzten giftigen Blick zu und verschwindet im Haus.

»Ist er aber nicht«, knurre ich, und plötzlich sind Luis und Malte neben mir.

»Reg dich ab, wir helfen dir, ihn zu suchen«, raunt Luis.

Na, besten Dank auch! Ausgerechnet diese beiden Knallerbsen, die nichts als Gemeinheiten im Kopf haben und mit denen Blümchen und ich schon seit Jahren im Clinch liegen, wollen mir zur Seite stehen?

»Lasst mich einfach in Ruhe!«, fahre ich sie an.

Malte kneift verschwörerisch die Augen zusammen.

»Und wenn ich weiß, wem der weiße Pudel gehört?«

»Ach, du willst mich doch bloß wieder verar…«

»Diesmal nicht!«, fährt Luis dazwischen und hebt seine Hand zum Schwur. »Versprochen.«

Ich schüttele den Kopf. »Wie soll ich dir denn glauben, nach allem ...?«

»Eben«, sagt Luis leise. »Nach allem.«

Seine hellen Augen funkeln.

Ich sehe eine Sekunde zu lang hinein und schon schießt mir wieder die Gluthitze in den Kopf. Mir ist schon klar, was er meint: die Sache mit meinem geklauten Handy vor einem Jahr. Das hätte ich früher oder später allerdings auch ohne sein Zutun zurückbekommen. Trotzdem hat er sich für seine Verhältnisse damals ziemlich anständig benommen.

»Jetzt komm schon«, fordert Malte mich ungeduldig auf. »Oder hast du etwa Angst, dass wir dich in eine einsame Gegend locken, um dich zu küssen?«

Pah! »Ihr alle beide?«

Malte grinst schief und wirft seinem Kumpel einen bedeutungsvollen Blick zu.

»Eigentlich keine schlechte Idee ...«

»Ihr seid echt die allerletzten Lattenköppe!«, schimpfe ich, während ich mich abwende und Busras Tüte in einer schattigen Ecke des Hauseingangs deponiere. Dann wirbele ich herum und stapfe auf die Straße. »Sich mit euch abzugeben, ist reine Zeitverschwendung.«

»Der Pudel wohnt allerdings in die andere Richtung!«, ruft Malte mir hinterher.

»Wir können Herrn Semmelfein natürlich auch alleine finden«, höre ich Luis hinzufügen.

Mist! Mist! Mist!

Was, wenn die beiden die Wahrheit sagen? ... Wenn sie mich ausnahmsweise einmal nicht veräppeln?

Während mir das durch den Kopf geht, werde ich automatisch langsamer, bis ich schließlich stehen bleibe.

»Dann hätten wir uns aber eine Belohnung verdient«, erwidert Malte. »Oder findest du nicht?«

Ich drehe mich um und marschiere zurück.

»Entweder ihr helft mir aus freien Stücken oder ihr lasst es«, zische ich.

»Na ja ...«, meint Luis gedehnt. »In diesem Fall ...« Er grinst mich an. »Machen wir es ausnahmsweise mal freiwillig.«

Ich verdrehe die Augen und gehe einfach weiter. Dieses blöde Gequatsche kann ich wirklich nicht mehr hören.

Mit ein paar schnellen Schritten schließen die beiden Jungs zu mir auf und nehmen mich in ihre Mitte.

»Wahrscheinlich hat sie noch nie«, spekuliert Malte.

»Was meinst du?«, fragt Luis.

»Geküsst.«

»Pah!«, mache ich. »Könnt ihr euch eigentlich auch über normale Dinge unterhalten?«

»Oh«, stößt Malte aus. »Hast du gehört? Lilly findet Küssen unnormal.«

»Falsch«, sage ich und beschleunige meinen Schritt. »Ich finde es nur völlig daneben, darüber zu reden.«

»Stimmt«, pflichtet Malte mir bei. »Nur drüber zu reden, bringt rein gar nichts.«

In diesem Moment reißt mir die Hutschnur und mit einem Mal bin ich zu allem bereit. Sogar zur faustdicksten Lüge aller Zeiten.

»Was heißt denn hier nur?«, brumme ich. »Ich weiß ja nicht, wie das bei euch ist, aber ich mache es jeden Tag. Und weil ich das tue, muss ich auch nicht ständig drüber reden.«

Luis wird mit einem Schlag aschfahl im Gesicht, und Malte fragt: »Was? Du küsst jeden Tag?«

»Klar«, gebe ich schulterzuckend zurück. »Das soll ja ziemlich gesund sein. Es kurbelt die Abwehrkräfte an und ...«

Malte zieht eine Grimasse.

»Die Abwehrkräfte? Bist du deswegen etwa immer so anti?«

»Quatsch«, erwidert Luis. »Damit ist gemeint, dass man nicht mehr so leicht eine Grippe bekommt.«

»Ich kriege total selten 'ne Grippe«, erwidert Malte kopfschüttelnd. »Dabei habe ich noch nie ...« Er bricht ab und wechselt schnell das Thema. »Dann bist du also fest mit jemandem zusammen?«, erkundigt er sich.

»Nö«, antworte ich. »Wieso?«

»Na ja, du weißt schon ... ähm, wegen der Küsserei ...«

Malte kratzt sich am Ohr und schafft es kaum, mich anzusehen. Luis guckt schon die ganze Zeit angestrengt in der Gegend herum.

Belustigt stelle ich fest, dass die Verlegenheit die Seiten gewechselt hat, und plötzlich fängt die Sache an, mir Spaß zu machen.

»Dafür muss man doch nicht fest mit jemandem zusammen sein«, erkläre ich und zucke innerlich zusammen. Genau dasselbe hat Jackie vor einigen Monaten mal zu mir gesagt. So ändern sich also die Zeiten! Ich frage mich allerdings, ob meine mittlerweile fast siebzehnjährige Schwester damals auch bloß so locker getan hat wie ich jetzt.

»Nee, klar«, meint Malte, und Luis, der noch immer kalkweiß um die Nase ist, deutet auf die andere Straßenseite.

»Hier müssen wir rüber«, sagt er mit belegter Stimme. »Veilchenweg sechzehn.«

»Na, du kennst dich ja aus«, entgegne ich, trete an die Bordsteinkante und vergewissere mich, dass die Straße frei ist.

Ohne mich weiter um die beiden Jungs zu kümmern, überquere ich die Fahrbahn und biege in den Veilchenweg ein.

Da er nicht besonders weit von Oma Brilles Haus entfernt liegt, müsste meine Großmutter den weißen Pudel eigentlich auch schon mal gesehen haben. Vorausgesetzt natürlich, Luis und Malte setzen mich nicht auf eine falsche Fährte. Wenn sie das tatsächlich tun, werde ich es ihnen todsicher niemals verzeihen.

»Na logisch kennen wir uns aus«, bestätigt Malte. »Schließlich wohnen wir schon seit Ewigkeiten hier.«

Er und Luis beeilen sich, mir hinterherzukommen.

»Wenn Herrn Semmelfein etwas passiert ist…«, beginne ich.

»Ist es nicht unsere Schuld«, fällt Malte mir ins Wort, und Luis meint: »Mach dir mal keine Sorgen, wir finden ihn schon.«

Es klingt nett, wie er das sagt. Fast so, als wollte er mich trösten. Und plötzlich zweifele ich nicht mehr daran, dass die Jungs mich in die richtige Straße geführt haben.

Das Haus mit der Nummer sechzehn liegt ein wenig nach hinten versetzt. Es hat einen großen Vorgarten, der von einem recht hohen grünen Gitterzaun umgeben ist, an dem sich Kletterpflanzen emporranken.

»Da vorne ist ein Tor«, sagt Luis und deutet ans Ende des Zauns. »Allerdings ist es meistens verschlossen, damit der Hund nicht abhaut.«

»Toll«, brumme ich, denn genau das hat er offensichtlich getan.

Ich gehe etwas schneller und versuche, dort, wo die Kletterpflanzen nicht so dicht wuchern, einen Blick auf das Grundstück zu erhaschen. Das Haus ist hell verklinkert und der Vorgarten scheint ausschließlich aus extrem kurz geschnittenem Rasen zu bestehen. Einen weißen Pudel entdecke ich nicht. Und von Herrn Semmelfein fehlt ebenfalls jede Spur.

Malte läuft an mir vorbei bis zum Tor, das nicht viel breiter als eine normale Haustür ist, und drückt die Klinke runter.

»Mensch, das ist offen«, sagt er verblüfft und will gerade hindurchtreten, da bemerke ich schräg gegenüber in einer Garageneinfahrt einen Schatten, und im nächsten Moment tapst Herr Semmelfein hinter einem Mülltonnenunterstand hervor.

Mein Herz macht einen Hüpfer.

»Herr Semmelfein!«, rufe ich und bin bereits im Begriff, zu ihm hinüberzurennen, als sich eine Hand in mein T-Shirt krallt und mich zurückhält.

»Bist du verrückt geworden!«, brüllt Luis.

»Nee, wahrscheinlich bloß lebensmüde«, meint Malte trocken.

Einen Atemzug später braust ein dunkelblauer Alfa Romeo Spider an uns vorbei.

»Sehr witzig«, knurre ich.

»Hmm.« Malte nickt. »Wäre wirklich schade um das schöne Auto gewesen.«

»Vielen Dank für dein Mitgefühl«, grummele ich.

»Ja, und auch sonst nichts für ungut!«, kommt es von Luis.

Mir ist schon klar, dass er mir gerade das Leben gerettet hat und ich das wahrscheinlich in irgendeiner Weise honorieren sollte, aber jetzt muss ich mich erst mal um Oma Brilles Border-Collie kümmern.

Herr Semmelfein ist nämlich auch beängstigend nah

an die Bordsteinkante getrottet und nimmt mit seiner Körperlänge die gesamte Breite des Fußgängerwegs ein. Schnüffelnd reckt er seine Nase in die Luft.

»Bleib bloß stehen«, murmele ich und trete ungeduldig von einem Fuß auf den anderen, denn nun nähern sich von links gleich mehrere Fahrzeuge.

Gleichzeitig ertönt aus der anderen Richtung aufgeregtes Gebimmel, aber erst als ein grauer Sprinter mit dem Werbeaufdruck einer Lackiererei an mir vorbeigerauscht ist, sehe ich das kleine Mädchen auf ihrem pinkfarbenen Kinderrad. Sie hält genau auf Herrn Semmelfein zu.

»Halt an!«, kreische ich. »Er kann dich nicht hören!«

Und wenn er sich erschreckt, tappt er womöglich erst recht weiter vor, denke ich voller Panik.

Luis scheint genau dasselbe durch den Kopf geschossen zu sein, denn nun rennt er einfach auf die Straße.

Der Fahrer eines dunkelgrünen Mercedes' hupt wie blöd und ich registriere sein wütendes Gesicht hinter der Windschutzscheibe.

Einen Augenblick stehe ich wie erstarrt da, dann laufe auch ich los.

Eine junge Frau in einem knallroten Fiat überblickt die Situation, sie bremst ab und winkt mich vorbei.

Das Mädchen mit dem Fahrrad ist in letzter Sekunde zum Stehen gekommen. Unterdessen hat Luis Herrn Semmelfein am Halsband gepackt und versucht jetzt, ihn mit aller Macht am Weiterlaufen zu hindern.

Der Border-Collie knurrt und fletscht die Zähne. Luis steht die Angst ins Gesicht geschrieben. Dass er trotzdem nicht loslässt, rechne ich ihm insgeheim hoch an.

»Ist ja gut!«, rufe ich und grabe meine Hände in Herrn Semmelfeins Fell. »Ich bin es doch ... und mein Freund Luis.«

Zum Glück erkennt er mich sofort, hört auf zu knurren und wedelt stattdessen mit dem Schwanz.

»Pass auf, der beißt«, sagt das kleine Mädchen und lenkt sein Fahrrad in großem Bogen um uns herum.

»Keine Sorge«, beruhige ich sie. »Der Hund gehört meiner Oma. Er ist schon sehr alt und hat sich verlaufen.«

»Und er mag deinen Freund nicht«, erwidert das Mädchen und schiebt sein Rad hastig weiter.

So ging's mir auch mal, denke ich im Stillen und traue mich kaum, Luis ins Gesicht zu sehen. Hoffentlich hat er das mit dem Freund nicht in den falschen Hals gekriegt.

»Ja also ...«, sagt er jetzt. »Ich schätze mal, dafür, dass ich mich gerade für deinen Hund in Lebensgefahr begeben habe, hätte ich mir theoretisch nun doch eine kleine Belohnung verdient.«

»Mhm ... theoretisch«, murmele ich. »Herr Semmelfein ist aber nicht mein Hund«, füge ich kraftlos hinzu.

Meine Beine fangen an zu zittern. Mir wird schwindelig und – was fast noch schlimmer ist – ich fühle mich so mies wie noch nie in meinem Leben.

Annäherungsversuche

Als ich mich gut zehn Minuten später Oma Brilles Haus nähere, sehe ich, dass Tante Elfriede gerade einen Klapptisch und zwei Küchenstühle in den Vorgarten stellt.

»Ach, du liebe Güte!«, ruft sie, als sie mich und Herrn Semmelfein bemerkt. »Da habe ich wohl vergeblich gehofft.«

»Was meinst du damit?«, rufe ich zurück.

»Na, dass dieser altersschwache Hund ... verschwindet.«

»Waaas?«, stoße ich hervor. »Das ist ja wohl nicht dein Ernst!«

»Natürlich ist es das«, entgegnet meine Großtante pikiert, so als hätte nicht sie etwas Unerhörtes gesagt, sondern ich. »Dieser unmögliche Herr Semmelfein ist taub, blind und alles andere als stubenrein. Außerdem greift er die Nachbarn an.«

Wie bitte? »Welche Nachbarn?«

Inzwischen habe ich das Grundstück betreten und ziehe Herrn Semmelfein am Halsband auf die sperrangelweit offen stehende Eingangstür zu.

»Der Köter bleibt draußen!«, ranzt Tante Elfriede mich an.

»Wen hat Herr Semmelfein angegriffen?«, frage ich noch einmal.

Meine Großtante ruckelt die Stühle zurecht, zieht geräuschvoll Luft in ihre Nase und fixiert mich mit ihrem Stechblick.

»Den überaus reizenden Herrn Cornils«, sagt sie.

Reizend? Ich glaub, ich spinne!

Herr Cornils ärgert Oma Brille, wo er nur kann. Er beschwert sich über herabgefallenes Laub, Herrn Semmelfeins Bellen (was so gut wie nie vorkommt) und die Katzenkothäuflein auf seinem Rasen. Dabei kann Brotbäckchen gar nicht zu ihm hinüber, weil er seinen gesamten Garten mit anderthalb Meter hohem, äußerst stabilem Maschendraht eingezäunt hat.

Ein einziges Mal hat Oma Brilles orangerote Katze versucht, sich daran hinaufzuhangeln. Dabei ist sie in den engen Löchern hängen geblieben und konnte sich nur befreien, indem sie sich gewaltsam eine Kralle ausriss. Brotbäckchens Pfote hat so schlimm geblutet, dass Oma Brille mit ihr zum Tierarzt fahren musste, und seitdem meidet die Katze diesen Zaun wie der Teufel das Weihwasser.

Herr Cornils bildet sich die Katzenkothäufchen also nur ein, oder er erfindet sie, damit er was zu meckern hat.

Früher hat meine Großmutter darüber nur gelächelt,

aber seitdem Tante Elfriede sich in ihr Haus eingenistet hat und die ebenfalls alles daransetzt, ihr das Leben zur Hölle zu machen, liegen Oma Brilles Nerven manchmal ziemlich blank.

»Dann gehe ich eben mit Herrn Semmelfein in den Garten«, sage ich. »Wir legen uns unter den Apfelbaum, spielen ein wenig mit Brotbäckchen und warten auf Oma Brille. Oder ist sie vielleicht sogar schon zurück?«, frage ich hoffnungsvoll.

Tante Elfriede schüttelt energisch den Kopf.

»Das kommt überhaupt nicht infrage.«

»Was?«, stoße ich erschrocken aus. »Willst du etwa nicht, dass Oma Brille wieder ...«

»Was redest du nur für einen Unfug!«, fährt meine Großtante dazwischen und droht mir mit dem Zeigefinger. »Wage es ja nicht, so etwas gegenüber meiner Schwägerin zu behaupten.«

»Ähm ... Ich glaube, du hast da was völlig falsch verstanden«, stammele ich.

»Wie auch immer ...« Tante Elfriede spitzt die Lippen. »Der Hund kann jedenfalls nicht in den Garten.«

»Und wieso nicht?«

»Weil Henriette von Ahlen sich gerade dort aufhält.«

Wie bitte? Sich aufhält? Das klingt ja fast so, als würde dieser dusselige Pinscher im exklusiven Zweiteiler von Chanel zwischen den Beeten flanieren und in der Hollywoodschaukel einen Drink nehmen.

»Dann hol sie doch zu dir nach vorne«, schlage ich vor. »Oder sperr sie im Haus ein.«

»Das geht nicht«, erwidert meine Großtante harsch.

»Aha ...«

Das »und warum nicht?« bleibt mir im Hals stecken, denn in diesem Augenblick kommt Herr Cornils um die Ecke spaziert.

Er trägt einen hellen Strohhut auf dem Kopf und in den Händen ein Tablett, auf dem er Kaffeegeschirr und einen kleinen, mit Kirschen verzierten Sahnekuchen balanciert. Bei jedem Schritt wiegt er sich sanft hin und her, als hätte er ein bestimmtes Lied im Kopf, und dazu pfeift er leise und ziemlich unmelodiös vor sich hin.

»Oh, wie herrlich!«, ruft Tante Elfriede. Sie klatscht übertrieben laut in die Hände und stößt ein affektiertes Lachen aus. »Das hätte ich Ihnen ja gar nicht zugetraut, lieber Horst.«

Ich stehe da wie in die Landschaft gemeißelt und spüre, wie mein Mund unaufhaltsam aufklappt. Erst als das Halsband von Herrn Semmelfein aus meinen Fingern gleitet und der Border-Collie sich wieder in Richtung Straße in Bewegung setzt, fällt die Erstarrung von mir ab.

»Bleibst du wohl hier!«, rufe ich, mache einen Schritt nach vorn und kralle meine Hand in Herrn Semmelfeins Fell.

Er bleibt sofort stehen und leckt über meine Schuhe.

»Dieser Hund ist vollkommen plemplem«, sagt Tante Elfriede.

»In der Tat, meine Liebste«, flötet Herr Cornils.

Während ich in Erwägung ziehe, mir meine Ohren einmal gründlich durchspülen zu lassen, tänzelt Oma Brilles Nachbar an mir vorbei und stellt das Tablett auf dem Klapptisch ab.

»Reine Tierquälerei ist das«, fügt er mit einem prüfenden Blick auf Herrn Semmelfein hinzu. »Ein solches Leben ...« Herr Cornils schüttelt den Kopf. »Also, wenn das mein Hund wäre ... hätte ich ihn schon längst erlöst.«

»Pfff«, mache ich.

Das sagt er doch nur, weil er selber nicht in der Lage ist, ein altes krankes Tier zu betreuen!

»Ganz Ihrer Meinung, lieber Horst«, flötet Tante Elfriede zurück. »Offen gestanden hatte ich gehofft, dem Schicksal ein wenig auf die Sprünge geholfen zu haben.«

Mit einem Schlag fällt mir die Kinnlade ganz herunter.

»Heißt das etwa, dass du ihn absichtlich hier vorne rausgelassen hast, damit er ...?«

Weiter komme ich nicht, weil meine Großtante ein lautes hysterisches Lachen ausstößt.

»Auf eine solche Idee können auch nur Kinder kommen, nicht wahr, mein lieber Horst?«, quiekt sie.

Herr Cornils verdreht verzückt die Augen.

»Liebste Elfie, mir fehlen die Worte, um auszudrücken, wie sehr ich Ihren Scharfsinn bewundere.«

Er greift nach Tante Elfriedes Hand und schmatzt sie geräuschvoll ab.

Uäääh! Ein Gänsehautschauer schüttelt mich. Dieses Geturtel kann ich mir beim besten Willen nicht länger mit ansehen.

»Komm«, raune ich Herrn Semmelfein zu.

Und während meine Großtante und Herr Cornils sich weiter gegenseitig anflöten, schnappe ich mir Busras Tüte, führe den Border-Collie unbemerkt ins Haus und drücke die Tür leise hinter uns zu.

Ich gehe in die Küche, lasse mich auf einen Stuhl sinken und stelle die Tüte auf den Tisch. Dann schließe ich die Augen und versuche, mich zu sammeln.

Ob Oma Brille wohl weiß, dass sich zwischen Tante Elfriede und ihrem ungeliebten Nachbarn so etwas wie eine Romanze anbahnt?

»Das wäre die Katastrophe im Quadrat«, murmele ich. »Und deswegen müssen wir das verhindern. Sonst geht es nämlich nicht nur dir an den Kragen.«

»Wuff!«, macht Herr Semmelfein, setzt sich direkt vor mich hin und guckt bedeutungsvoll zwischen der Tüte auf dem Tisch und dem Kühlschrank hin und her.

»Gleich kriegst du was«, verspreche ich ihm und tätschele seinen Kopf. »Jetzt muss ich nämlich erst mal meine Sprüchesammlung befragen.«

Ich schiebe Herrn Semmelfein behutsam zur Seite, öffne meinen Rucksack und hole die türkisfarbene Wundersprücheersatzschachtel daraus hervor. Nachdem ich sie gut durchgeschüttelt habe, nehme ich den Deckel ab und überlege.

Eigentlich müsste ich gleich mehrere Zettel ziehen.

»Okay«, murmele ich. »Beginnen wir mit Frau Schönerscheidt …«

Ach Herrgott, dafür brauche ich ja nun wirklich keinen Wunderspruch. Bevor diese blöde Unterhosen-Geschichte Wellen schlägt, im Büro von Direktor Handaufsherz anbrandet und schließlich in einer Klassenkonferenz mündet, werde ich mich bei Frau Schönerscheidt entschuldigen. Und zwar gleich morgen früh in aller Form.

Nach den Sommerferien bekommen wir ohnehin einen neuen Klassenlehrer. Frau Schönerscheidt wird uns dann gar nicht mehr unterrichten. Sie hat also überhaupt keinen Grund, mir diese Sache endlos nachzutragen.

Problem Nummer eins gelöst, hake ich innerlich ab und wende mich Problem Nummer zwei zu: Blümchen und Jakob und das kaputte Handy.

Hmmm … So gern ich Blümchen auch helfen möchte, aber das ist nun wirklich nicht mein Thema. Außerdem hat sie es heute Mittag selber vehement abgelehnt, die Wundersprüchebox zurate zu ziehen, was ganz sicher auch für Jakob gilt. Und wegen des Handys muss sie mit Frau Schönerscheidt sprechen. Vielleicht kann ich meine Freundin ja überreden, mich auf meiner Zu-Kreuze-Kriech-Tour zu begleiten. Ob für Blümchen dabei am Ende ein neues Handy herausspringt, steht jedoch in den Sternen. Ich finde, einen Versuch ist es dennoch allemal wert. Und darüber hinaus hätte es den Vorteil, dass ich Frau Schönerscheidt nicht allein unter die Augen treten müsste.

Herr Semmelfein hat es mittlerweile aufgegeben, mich anzubetteln. Er liegt der Länge nach ausgestreckt zu meinen Füßen und döst.

»Also gut, kommen wir zu Problem Nummer drei«, murmele ich. Nämlich Yassi. Natürlich ist auch ihr Kummer nicht meine persönliche Angelegenheit. Trotzdem würde ich ihr gerne zur Seite stehen, weiß nur leider nicht so recht, wie. Und genau diese Frage stelle ich dann auch.

Dabei versenke ich meine Finger tief in der Wundersprücheersatzschachtel und ziehe einen der unteren Zettel hervor. Ich hole tief Luft und falte ihn auseinander.

Der perfekte Braten braucht seine Zeit.

Okay, und was heißt das jetzt? Abwarten und Tee trinken ... ähm, in den Backofen gucken? Oder geht es hier etwa um die Zutaten?

Mensch, Lilly, sage ich mir. Du hast eindeutig zu viele Sprüche aus den Rezeptteilen von Oma Brilles Illustrierten gesammelt. Es ist noch gar nicht lange her, da hatte ich es mit Keksen und einem Brathuhn zu tun.

Allerdings haben diese Sprüche mich letztendlich auch ans Ziel geführt. Warum sollte es dieses Mal also nicht klappen?

»Yassi, du bist der Braten«, sage ich entschlossen.

Sofort hebt Herr Semmelfein den Kopf und spitzt die Ohren.

»Gleich«, vertröste ich ihn. »Wir müssen nur noch ein Problem lösen. Yassi verfutterst du jedenfalls nicht. Schließlich sind wir hier nicht bei ›Rotkäppchen und der Wolf‹.«

Herr Semmelfein leckt sich das Maul und winselt leise.

»Ich sagte, wir sind es *nicht*«, schärfe ich ihm ein, woraufhin er seinen Kopf wieder auf den Boden legt und mich aus seinen dunklen Augen schuldbewusst ansieht.

Das letzte Problem ist das kniffligste. Es heißt Tante Elfriede und besteht seit einem Dreivierteljahr. Natürlich will ich ihrem Glück mit Herrn Cornils nicht im Wege stehen, aber ich möchte, dass Oma Brille endlich wieder Herrin in ihrem eigenen Haus ist.

Also gut. Dann frage ich meine wundervolle Sprüchesammlung doch mal, wie genau das zu bewerkstelligen ist.

Langsam lasse ich meine Hand über der Dose kreisen, bevor ich ganz plötzlich zugreife. In derselben Sekunde, in der ich den Zettel auffalte, dudelt mein Handy los.

Wahrscheinlich Blümchen, Yassi oder Mama, schießt

es mir durch den Kopf, und deshalb wird mir erst, nachdem ich die Verbindung hergestellt habe, bewusst, dass mir die Nummer auf dem Display nur vage bekannt vorgekommt.

»Hallo?«, frage ich. »Wer ist denn da?«

»Ich«, sagt Luis.

Komischerweise erkenne ich seine Stimme sofort.

»Oh ...«, sage ich und klatsche mir gegen die Stirn.

Dämlicher geht es ja wohl nicht!

»Stör ich dich bei irgendwas?«, erkundigt er sich.

»Wieso?«

»Es klingt, als würdest du Fliegen totschlagen.«

»Nee, ich hab grad bloß so 'n blöden Spruch gelesen«, stammele ich, während ich wie belämmert auf den Zettel in meiner Hand starre, ohne wirklich zu erfassen, was da eigentlich geschrieben steht.

»Aha ...«, sagt Luis gedehnt.

»Na ja, und da hab ich mir eben ... ähm, auf den Oberschenkel gehauen«, setze ich hastig hinzu.

Kompliment, Lilly! Wer hätte das gedacht: Es geht tatsächlich noch dämlicher.

»Was denn für 'n Spruch?«, will Luis wissen.

»Ach, nix Besonderes«, wiegele ich ab. »Nur so eine komische Lebensweisheit, wie sie manchmal in Zeitschriften stehen.«

»Hm«, macht Luis.

Klar, wahrscheinlich liest er keine Zeitschriften – oder zumindest nicht *solche*.

»Ich bin noch bei meiner Oma«, bringe ich also hastig zu meiner Entschuldigung vor, und zum Glück kapiert Luis auch sofort, was ich damit andeuten will.

»Das Goldene Blatt, Bild der Frau, Freizeit Revue, Bunte, Lisa ...«, fängt er an aufzuzählen.

»Woher kennst du die alle?«, platzt es aus mir heraus.

»Ich hab auch eine Oma«, erwidert er. »Und eine Mutter«, setzt er leise seufzend hinzu. »Wie lautet denn deine Lebensweisheit?«, fragt er dann.

»Meine? Wieso?«

»Doch nicht deine«, korrigiert Luis sich. »Sondern die, die du gerade gelesen hast.«

»Ach so«, stottere ich. »Ja, ähm ... also ...« Wieder hefte ich meinen Blick auf den Zettel, aber anstatt mein Gehirn einzuschalten und mir den Wunderspruch erst einmal im Stillen durchzulesen, posaune ich ihn direkt ins Handy. »Nachts, wenn alle schlafen, ist meistens keiner wach.«

»Wow!«, sagt Luis. »Der sich das ausgedacht hat, muss wirklich ganz schön schlau sein.«

Ja, und die, die ihn einfach laut vorgelesen hat, ebenfalls! Verdammte Hacke noch mal! Warum habe ich ihm nicht einfach eine gängige Lebensweisheit serviert, wie zum Beispiel: Wer anderen eine Grube gräbt, fällt selbst hinein oder Hochmut kommt vor dem Fall?

»Und der stand wirklich unter Lebensweisheiten?«, bohrt Luis nach.

»Ja, also ...«, druckse ich.

»Welche Zeitschrift liest du denn gerade? Vielleicht hat meine Mutter die ja auch.«

»Bestimmt nicht«, gebe ich geistesgegenwärtig zurück. »Diese hier ist schon uralt. Äh ... von 2008. Haha ... Manche Illustrierte bewahrt meine Oma nämlich ewig lange auf.«

»Und ausgerechnet so eine hast du dir zum Lesen hervorgekramt?«, wundert sich Luis.

»Nee ... die lag hier auf dem Küchentisch«, schwindele ich munter weiter. »Wahrscheinlich hat Tante Elfriede ein Rezept gesucht.«

»Ach die, die euren Hund vor die Tür gesetzt hat!«

»Ja, genau«, stöhne ich. »Die geht uns ganz schön auf den Senkel.« Was zur Abwechslung mal der Wahrheit entspricht.

»Kann ich verstehen«, sagt Luis. »Also, es ist zwar deine Tante, aber Malte und ich fanden die auch komisch. Obwohl sie uns ohne großes Tamtam ins Haus gelassen und Malte seinen Schlüssel ausgehändigt hat. Na ja, wahrscheinlich hat deine Oma ihr gesagt, dass wir ihn irgendwann abholen würden.«

»Hm«, mache ich. »Sie ist übrigens nicht meine Tante, sondern bloß meine Großtante«, stelle ich richtig, »nämlich die Schwester von meinem verstorbenen Opa. Vor knapp einem Jahr hab ich nicht mal gewusst, dass es sie gibt. Plötzlich stand sie bei meiner Oma vor der Tür und wollte bei ihr im Haus wohnen.«

»Und wieso schmeißt deine Oma sie nicht wieder raus?«, fragt Luis.

»Weil das nicht so einfach ist«, erkläre ich ihm. »Tante Elfriede hat leider ein Stück von diesem Haus geerbt.«

»Blöde Sache«, meint Luis. »Also, ich glaube, ich würde ihr Geld geben, damit sie Leine zieht.«

»Das hat meine Oma ja versucht. Sie wollte Tante Elfriede ihren Erbteil ausbezahlen. Aber die möchte lieber hier im Haus wohnen.«

»Bescheuert«, erwidert Luis. »Sie verstehen sich doch gar nicht, oder?«

»Ach, überhaupt nicht!«, schnaube ich. »Tante Elfriede spielt sich auf, als würde das Haus eigentlich ihr gehören. Dabei haben wir uns anfangs noch alles Mögliche einfallen lassen, um sie zu vertreiben. Meine Geschwister Jackie und Philipp und ich haben Oma Brille alle paar Tage besucht und einen Höllenlärm veranstaltet.«

»Was anscheinend nichts genützt hat«, schlussfolgert Luis.

»Nee. Irgendwann war meine Oma mehr genervt davon als Tante Elfriede und hat uns eine ganze Weile gar nicht mehr sehen wollen«, berichte ich frustriert. »Das hat sich zwar wieder gegeben, aber viel Lust auf Tante Elfriede hat keiner von uns.«

»Stimmt«, bestätigt Luis. »Du und deine beiden Freundinnen wart in der letzten Zeit total selten in der Gegend.«

»Stehen wir etwa unter Beobachtung?«, frage ich empört.

»Schon immer«, erwidert er, und an der Art, wie er das sagt, höre ich sein schiefes Grinsen heraus. »Habt ihr das etwa nicht gemerkt?«

»Dafür sind wir doch viel zu blöd«, brumme ich.

Luis schweigt und auf einmal spüre ich mein Herz klopfen. Noch nie habe ich mich so lange mit ihm unterhalten. Ich meine, richtig unterhalten. Über ernste Dinge. Dinge, die ihn eigentlich gar nichts angehen und die er und Malte jederzeit in irgendeinem gemeinen Streich gegen mich verwenden könnten.

Die beiden Jungs sind unsere Erzfeinde! – Oh Mann, Lilly, verfluche ich mich selbst. Wie konntest du das bloß vergessen!

»Ihr seid nicht blöd«, sagt Luis unvermittelt. »Und es würde mich echt interessieren, in welcher Zeitschrift du diesen oberdämlichen Spruch entdeckt hast. Sag doch mal, wie diese Illustrierte heißt und wer auf dem Titelblatt ist. Vielleicht finde ich sie ja unter den alten Schätzen meiner Mutter.«

Ach, du lieber Himmel! In was habe ich mich da bloß reingeritten! Und viel wichtiger noch: Wie manövriere ich mich da wieder raus?

Am besten, indem du ganz elegant von der Wahrheit zur Lüge zurückschwenkst, rät mir spontan mein inneres Ich.

Und ich weiß auch schon, wie!

»Oh, da kommt sie gerade!«, stoße ich aus.

»Wer?«

»Meine Oma ... Tut mir leid, Luis. Ich muss jetzt aufhören«, sage ich gehetzt, nehme das Handy vom Ohr und kappe die Verbindung.

Puh! Das hätte mir eigentlich auch schon ein bisschen eher einfallen können!

Traurige Nachrichten

Um halb vier Uhr am Nachmittag ist Oma Brille noch immer nicht wieder aufgetaucht.

Inzwischen habe ich Herrn Semmelfein eine Dose Hundefutter gegeben und selber zwei Falafeln mit Minzjoghurt gegessen, während ich über die beiden Wundersprüche und das Telefonat mit Luis nachgedacht habe.

Letzteres würde ich am liebsten vergessen, nein, falsch, ungeschehen machen. Blümchen und Yassi werde ich jedenfalls besser erst mal nichts davon erzählen. Vielleicht hakt Luis es ja genauso schnell ab wie ich. Das hoffe ich zumindest. Denn dann wäre es tatsächlich beinahe so, als hätte es gar nicht stattgefunden.

Die Sache mit den Sprüchen ist da schon etwas kniffliger. So bescheuert sie auch sind, ich kann sie nicht einfach ignorieren. Der Gebrauch meiner Wundersprüchebox ist für mich etwas Besonderes. Ich befrage sie nur, wenn ich partout keinen Ausweg weiß, und bisher hat sie mir immer eine Idee oder sogar eine Lösung beschert. Diesmal kann ich allerdings so gut wie gar nichts damit anfangen.

Yassi ist für mich kein Braten, dem ich seelenruhig beim Brutzeln zusehen kann. Und ich bin keine Köchin. Woher soll ich wissen, wann er fertig ist? Womöglich bin ich nur einen Moment lang unaufmerksam und schon hat er eine verkohlte Kruste. Nein, nein. Ich muss Yassis Situation und ihr Busra-Yenge-Hatice-Problem unbedingt im Auge behalten. Und das geht nur, wenn ich nicht vor, sondern *mit* ihr im Backofen sitze. Selbst wenn ich mir dabei den Pelz verbrenne, ich werde sie auf keinen Fall sich selbst überlassen.

»Nachts, wenn alle schlafen, ist meistens keiner wach«, murmele ich, packe Busras Köstlichkeiten in den Kühlschrank und tigere in der Küche auf und ab.

Was, zum Teufel, hat das mit meiner Großtante zu tun?

Ich stelle mich ans Fenster und linse in den Vorgarten hinaus.

Tante Elfriede und Herr Cornils sitzen dort noch immer wie auf dem Präsentierteller und trinken Kaffee. Den Kuchen haben sie mittlerweile komplett aufgefuttert. Diese egoistischen Geizhälse sind nicht einmal auf die Idee gekommen, mir ein Stück davon anzubieten oder eins für meine Großmutter aufzubewahren.

Ach, Oma Brille, wo steckst du bloß? Besorgt spähe ich die Straße hinauf und hinunter, aber nach wie vor fehlt jede Spur von ihr. Plötzlich habe ich noch mehr Angst um sie als vorhin um Herrn Semmelfein.

Ich sinke auf den Stuhl zurück, schnappe mir mein

Handy und überlege, ob ich meiner Mutter eine SMS oder eine Nachricht über WhatsApp schicken soll, wähle dann aber direkt die Nummer der Buchhandlung, in der sie arbeitet. Mamas Smartphone liegt meistens in ihrer Handtasche und die befindet sich in der Regel im Büro. Wer weiß, ob sie vor Ladenschluss überhaupt noch einen Blick darauf wirft.

Dem Mann, der sich meldet und dessen Namen ich nicht verstehe, sage ich gleich, dass es äußerst wichtig ist, damit Mama gar nicht erst auf die Idee kommt, sie könne mich auf den Abend vertrösten.

Und siehe da: Es dauert keine halbe Minute und sie ist am Apparat.

»Lilly, was ist los?«, fragt sie ein wenig gehetzt.

»Oma Brille ist verschwunden«, jaule ich, und nun schießen mir auf einmal Tränen in die Augen.

»Wie bitte? Was sagst du da?«

»Zuerst ist Herr Semmelfein weggelaufen, weil Tante Elfriede ihn vorne rausgelassen hat, dann ist Oma Brille losgerannt, um ihn zu suchen, und ist bis jetzt nicht wieder aufgetaucht«, fasse ich die Ereignisse des frühen Nachmittags stockend zusammen.

»Herr Semmelfein ist also ebenfalls verschwunden?«, hakt Mama nach.

»*Ihn* habe ich inzwischen gefunden«, antworte ich, »aber Oma Brille ...«

»Habt ihr ihn denn gar nicht gemeinsam gesucht?«, fällt sie mir ins Wort.

»Nee. Oma Brille war doch schon weg, als ich aus der Schule gekommen bin«, erkläre ich schluchzend.

»Moment mal ...«, kombiniert meine Mutter. »Das ist ja jetzt schon fast drei Stunden her.«

»Mindestens«, bestätige ich. »Tante Elfriede konnte mir nämlich nicht sagen, wann genau Oma Brille aus dem Haus gegangen ist.«

»Ach herrje, Süße ... Hat Tante Elfriede sich denn wenigstens ein bisschen um dich gekümmert?«

»Aber klar doch«, entgegne ich. »Zuerst hat sie mir ein Fünf-Gänge-Menü aufgetischt, danach haben wir Mikado gespielt, und seit einer guten Stunde trocknet sie mir die Tränen, weil ...«

»Alles klar«, unterbricht meine Mutter mich erneut. »Ich bin schon auf dem Weg.«

Im nächsten Moment ist die Verbindung unterbrochen.

»Sie kommt«, sage ich zu Herrn Semmelfein, der sich seit über einer Stunde nicht von der Stelle gerührt hat, und dann heule ich los.

Der Border-Collie winselt leise.

»Wir finden dein Frauchen schon wieder«, verspreche ich ihm, lege mein Handy auf den Tisch und krame ein Papiertaschentuch aus meinem Rucksack hervor.

Unterdessen rappelt sich Herr Semmelfein etwas umständlich auf, legt seinen dicken Kopf in meinen Schoß und leckt mir über den Bauch. Ich wische mir die Augen trocken, schnäuze meine Nase und will gerade aufstehen, um das Taschentuch in den Mülleimer zu werfen, da plingt eine SMS rein, und diesmal erkenne ich die Nummer auf dem Display sofort, weil sie mir leider allzu gut in Erinnerung geblieben ist.

Warum hast du einfach aufgelegt?, will Luis wissen.
Weil das gespräch zu ende war, antworte ich.
Du hättest wenigstens mal tschüs sagen können, wirft er mir vor. Ist mit deiner oma denn alles in ordnung?
Wieso nicht?, tippe ich. Dass sie noch immer nicht zurück ist, braucht er nun echt nicht zu wissen. Also, mach dir keine gedanken.
Hauptsache, du machst dir keine, erwidert Luis. Ich habe sie nämlich vorhin noch gesehen …
Wo?
Frag lieber mal, wann.
Oje, mir schwant Schlimmes! Ich lasse das Handy sinken und überlege fieberhaft, was ich darauf am besten antworte.
Du hast das gespräch beendet, nicht, weil es zu ende war und deine oma gekommen ist, sondern weil du nicht länger mit mir reden wolltest, schreibt Luis derweil. Aber keine panik, ich frag dich bestimmt nicht, wieso. Allerdings bestehe ich auf meine belohnung.
Na toll!
Willst du etwa, dass ich dich küsse?
Ganz bestimmt nicht!!!!!!!!!!!!!!!!!!!!!!!!!!!!!!
Was dann?, tippe ich und ärgere mich halb zu Tode,

dass meine Finger zittern. Eigentlich müsste ich froh sein, dass Luis DAS nicht will, doch leider tackert mir jedes seiner dämlichen Ausrufezeichen einen Stich ins Herz.

Ein eis! Und zwar ein richtig fettes!

Ok. Wo und wann?

Morgen nachmittag um vier im häagen dazs.

Na, der hat ja vielleicht Ansprüche! Was glaubt er wohl, wie viel Taschengeld ich bekomme?

Ohne ihn wäre heute allerdings einiges schiefgelaufen. Insofern hat er sich diese Belohnung wirklich mehr als verdient.

Das lässt sich machen, gebe ich also zähneknirschend zurück.

Gut, erscheint auf dem Display. Mir läuft jetzt schon das wasser im mund zusammen. Ich habe übrigens 5 lieblingssorten ☺

Schöner Mist!

Da werde ich dann wohl oder übel meinen Vater um einen kleinen Vorschuss bitten müssen.

Zwanzig Minuten später parkt Mama unseren nagelneuen dunkelblauen Van in der Auffahrt. Sie springt geradezu aus dem Wagen, doch anstatt die Haustür anzusteuern, wendet sie sich Tante Elfriede und Herrn Cornils zu.

Ich lasse alles stehen und liegen und stürze aus dem Haus.

»Mamaaa! Da bist du ja endlich!«

»Lilly, mein Schatz!«

Sie schlingt ihren Arm um mich, und ich versinke in ihrem zarten Schokoduft, den sie immer verströmt, ganz egal, ob sie ein paar ihrer geliebten Nougatpralinen gefuttert hat oder nicht.

»Was ist hier eigentlich los?«, erkundigt sie sich bei Tante Elfriede und deutet auf den Kaffeetisch.

Meine Großtante kneift die Mundwinkel ein und mustert meine Mutter voller Argwohn.

»Wie soll ich denn das verstehen?«, blafft sie. »Willst du mir etwa verbieten, Gäste zu empfangen oder im Freien Kaffee zu trinken?«

»Das würde ich tatsächlich gerne«, erwidert Mama ohne Umschweife. »Bedauerlicherweise steht es mir aber nicht zu. Denn dieses Grundstück gehört meiner Mutter.«

»Und mir!«, stellt Tante Elfriede klar. »Du, mein liebes Kind, hast hier überhaupt nichts zu melden.«

»Das ist mir bekannt«, seufzt meine Mutter. »Dennoch weiß ich, was sich gehört.«

»Es ist mir völlig schleierhaft, was du damit andeuten willst, Nichte«, gibt Tante Elfriede abfällig zurück. Sie hakt sich bei Herrn Cornils unter und tätschelt ihm den Oberarm. »Horst und ich, wir haben jedenfalls große Pläne.«

»Meinetwegen«, brummt Mama, »solange es nicht hier vor aller Leute Augen im Vorgarten stattfindet.«

»Ach, in diesem Fall bin ich großzügig«, erklärt meine Großtante mit einem affektierten Augenaufschlag. »Unsere Nachbarn dürfen an unserem Glück ruhig teilhaben.«

»Klar«, murmele ich. »Hauptsache, du musst nichts von deinem Kuchen abgeben.«

Meine Mutter macht eine wegwerfende Geste.

»Dein Privatleben interessiert mich nicht«, erwidert sie. »Ich möchte lediglich wissen, wann meine Mutter heute das Haus verlassen hat.«

Tante Elfriede lässt den Arm von Herrn Cornils los, schnellt von ihrem Stuhl hoch und kommt mit energischen Schritten zur Auffahrt gestapft.

»Jetzt hörst du mir mal gut zu, mein Kind«, wettert sie und sticht mit ihrem Finger auf Mamas Brust ein. »Erstens sollte dich mein Privatleben sehr wohl interessieren und zweitens bin ich nicht das Kindermädchen meiner Schwägerin. Es ist wahrlich nicht meine Aufgabe, auf sie aufzupassen.«

»Das verlangt ja auch niemand von dir«, sagt meine Mutter. Sie schnappt nach Tante Elfriedes Hand, weicht einen Schritt zurück und fährt mit zuckersüßer Stimme fort: »Aber soweit ich mich erinnere, verfügst du sowohl über eine ausgeprägte Beobachtungsgabe als auch über ein hervorragendes Gedächtnis. Von daher würde es mich schon sehr enttäuschen, wenn du mir nicht wenigstens …«

»Ungefähr eine Viertelstunde, bevor deine Tochter hier aufgekreuzt ist«, fährt meine Großtante dazwischen und deutet in dieselbe Richtung, die auch Malte, Luis und ich heute Mittag eingeschlagen haben. »Sie ist dort entlanggelaufen. Ob sie in eine der Nebenstraßen eingebogen ist, entzieht sich meiner Kenntnis. Und jetzt lass mich bitte in Frieden meinen Kaffee austrinken.«

»Vielen Dank, liebe Tante«, gibt meine Mutter lächelnd zurück.

Doch meine Großtante hat sich längst abgewendet und spaziert nun mit schwingenden Hüften zu Herrn Cornils zurück.

»Man sollte sie erschießen«, murmelt Mama mit zusammengepressten Lippen.

Ich stoße ein kurzes Lachen aus. »Was hast du gesagt?«

»Nichts«, entgegnet sie. »Zumindest nichts, was für Kinderohren geeignet wäre.«

»Ich bin trotzdem deiner Meinung«, bekräftige ich. »Aber keine Angst, natürlich weiß ich, was sich gehört. Schließlich hast du mich erzogen.«

»Ach, Schätzchen, im Moment mache ich mir weiß Gott mehr Sorgen um deine Oma als um dich«, erwidert sie. »Hoffentlich ist sie nicht ganz bis zum Wald am Nesselsee gelaufen.«

»Das kann ich mir nicht vorstellen«, sage ich. »Sie weiß doch, dass Herr Semmelfein nicht besonders gut zu Fuß ist.«

»Ja ….« Meine Mutter geht zum Auto zurück und lässt sich auf den Sitz fallen. »Dass sie aber auch immer alles alleine regeln muss!«, erwidert sie aufgebracht.

So ist sie eben, liegt es mir auf der Zunge zu sagen, verkneife es mir jedoch und springe in den Wagen. Ich lege den Gurt an und meine Mutter setzt den Van langsam auf die Straße zurück.

Durch die Windschutzscheibe sehe ich, wie Tante Elfriede und Herr Cornils sich mit spitzen Lippen einen Kuss geben. Es ist sooo peinlich! Ich hoffe wirklich sehr, dass niemand aus der Nachbarschaft die beiden dabei beobachtet.

»So, und jetzt Augen aufhalten«, sagt Mama und gibt vorsichtig Gas. »Du schaust auf deiner Seite und ich auf meiner.«

Ich nicke und lasse meinen Blick über die Häuser, Vorgärten und Carports gleiten. Angestrengt spähe ich in jede Querstraße und plötzlich schießt mir ein Schreck in die Glieder.

»Wir hätten Herrn Semmelfein mitnehmen sollen!«, rufe ich. »Was, wenn Tante Elfriede ihn wieder laufen lässt?«

»Dann bringe ich sie um«, erwidert Mama. »Ich schwöre dir: Dann mach ich das wirklich.«

»Wir müssen es irgendwie schaffen, dass sie auszieht«, entgegne ich frustriert.

»Ja.« Meine Mutter stößt einen langen Seufzer aus.

»Dein Vater und ich haben darüber schon mit einem Anwalt gesprochen und es gäbe durchaus Möglichkeiten. Das Problem ist nur: Oma Brille muss es auch wollen. Wo hast du Herrn Semmelfein überhaupt gefunden?«, erkundigt sie sich, während sie mit angespannter Miene die linke Straßenseite mustert.

»Nicht ich, sondern wir«, korrigiere ich. »Zwei Jungs aus der Siedlung haben mir beim Suchen geholfen.«

Meine Mutter zieht erstaunt die Brauen hoch. »Oh, davon hast du am Telefon gar nichts erzählt!«

»Ist ja auch nicht so wichtig«, erwidere ich schulterzuckend.

Dass sie mich jetzt wahrscheinlich auf der Notfallstation im Krankenhaus besuchen könnte, wenn Luis nicht gewesen wäre, sollte sie ohnehin besser nie erfahren.

»Waren es etwa die beiden, die euch früher immer geärgert haben?«, erkundigt sie sich.

»Mhm.« Ich nicke. »Genau die.«

»Tja …« Über Mamas Gesicht huscht ein Lächeln. »So ändern sich die Zeiten.«

»Was soll das denn heißen?«, platzt es aus mir heraus, obwohl ich natürlich sehr genau weiß, wie sie das meint.

Meine Mutter sieht mich kurz von der Seite an.

»Na ja, es war doch sehr nett von den beiden, oder nicht?«

»Klar«, brumme ich. »Können wir jetzt vielleicht über was anderes reden?«

»Aber sicher«, sagt Mama und lächelt noch breiter. »Zeig mir doch bitte mal, wo Herr Semmelfein heute Mittag hingelaufen ist.«

Genervt verdrehe ich die Augen. Nicht, weil ich über den Fundort des Border-Collies Bericht erstatten soll, sondern wegen ihrer blöden Andeutungen bezüglich Luis und Malte.

»In den Veilchenweg«, sage ich. »Herr Semmelfein ist einer Pudeldame gefolgt und hat sich dann ein wenig in der Gegend umgeschaut.«

»Aha«, meint Mama. »Vielleicht tut Oma Brille das ja auch.«

»Der Veilchenweg ist aber da hinten«, erwidere ich und deute über meine Schulter zurück. »Wir sind schon mindestens einen halben Kilometer daran vorbei.«

»Rechts oder links?«

»Ähm ... links.«

Meine Mutter setzt den Blinker, drosselt das Tempo und biegt in die nächste Querstraße ab.

»Heute Mittag war Oma Brille nicht da«, gebe ich zu bedenken. »Wieso sollte sie also jetzt plötzlich im Veilchenweg sein?«

»Vielleicht weil sie jemanden getroffen hat, der Herrn Semmelfein dort irgendwo in der Nähe gesehen hat«, gibt Mama zurück.

Okay, das wäre natürlich möglich.

»Am besten fährst du die Nächste gleich wieder links«, empfehle ich ihr.

»Genau das habe ich vor«, entgegnet sie und blinkt abermals.

Ich lehne mich in den Sitz zurück und beschließe, meinen Mund nur noch zu öffnen, wenn es absolut erforderlich ist.

»Dort ist ein Pudel«, sagt Mama, nachdem wir ein Stück gefahren sind. »Und ein älterer Herr.«

»Wo?«

»Auf meiner Seite«, präzisiert sie und zeigt schräg nach vorn. »Siehst du ... da hinten auf der Mauer.« Sie stößt ein erleichtertes Lachen aus. »Und dort sitzt auch Oma Brille!«

»Auf der Mauer?«, frage ich überrascht, da bemerke ich sie ebenfalls.

Meine Großmutter sitzt neben einem Herrn in ihrem Alter und einer jungen Frau auf der Mauer eines weitläufigen Grundstücks. Vor ihnen auf dem Boden liegt ein großer weißer Pudel und kaut auf etwas herum.

Meine Mutter bremst den Wagen ab und parkt ihn hinter einem schnittigen Oldtimer an der Bordsteinkante.

»Alles frei«, sagt sie, drückt die Tür auf und rennt winkend über die Straße. »Mutti! ... Mensch, da bist du ja!«

Ich lasse mir mit dem Aussteigen etwas mehr Zeit. In dem Moment, als ich in Oma Brilles Gesicht geschaut habe, ist mir nämlich sofort klar geworden, dass hier etwas ganz und gar nicht stimmt.

So traurig wie heute hat meine Großmutter noch nie ausgesehen. Bei ihrem Anblick ziehen sich meine Eingeweide zusammen und mein Herz klopft ganz furchtbar schnell und laut.

Mit zitternden Händen schließe ich die Beifahrertür und überquere in Zeitlupe die Fahrbahn.

»Bist du ganz sicher?«, fragt Mama gerade, als ich meinen Fuß auf den Bürgersteig gesetzt habe.

Oma Brille nickt kaum merklich und wischt sich mit einem Stofftaschentuch über die Augen.

»Lilly hat ihn gefunden«, sagt meine Mutter. »Er ist schon seit Stunden wieder bei dir daheim.«

»Ach Gott.« Meine Großmutter lässt ihren Blick kurz über mein Gesicht gleiten. »Meine kleine Lilly habe ich bei der ganzen Aufregung ja völlig vergessen.«

»W-was ist denn los?«, bringe ich mühsam hervor.

Im nächsten Augenblick spüre ich Mamas warme Hand in meinem Nacken.

»Herr Semmelfein ist sehr, sehr krank«, sagt sie leise.

Tisch- und Telefongespräch

»Ich bin dafür, ihn so schnell wie möglich einschläfern zu lassen«, meint Jackie, als wir abends in unserer Küche beim Abendbrot zusammensitzen.

»Wen?«, fragt Philipp.

»Na, Herrn Semmelfein«, erwidert Jackie.

Mein kleiner Bruder wird ganz blass um die Nase. »Wieso? Ist er schon so alt?«

»Nur weil jemand alt ist, wird er nicht gleich eingeschläfert«, sage ich. »Herr Semmelfein ist ziemlich krank.«

»Er hat Krebs«, präzisiert Jackie. »Um genau zu sein: Leberkrebs im Endstadium. Ist 'ne ziemlich fiese Sache.«

»Sprichst du etwa aus Erfahrung?«, knurre ich.

»Was ist Krebs?«, fragt Philipp.

»Eine Krankheit, bei der die Zellen im Körper nicht mehr machen, was sie sollen, sondern nutzlos werden und sich immer mehr ausbreiten«, erklärt meine Schwester ihm.

Philipp macht ein besorgtes Gesicht. »Welche Zellen?«, will er wissen. »Hab ich die auch?«

»Logisch«, sagt Jackie. »Dein ganzer Körper besteht

daraus. Sie sind so winzig klein, dass man sie mit bloßem Auge nicht sehen kann, sondern nur unter dem Mikroskop. Haben wir gerade in Bio«, fügt sie mit einem Seitenblick auf meinen Vater hinzu.

»Ich finde ja, dass dies kein besonders passendes Thema für den Essenstisch ist«, meldet sich Mama zu Wort.

»Also, mir macht das nichts aus«, entgegnet meine Schwester und beißt genüsslich in ihre mit Frischkäse, Zwiebeln und getrockneten Datteln belegte und mit Maggi beträufelte Schnitte.

»Das wundert mich nicht«, sage ich. »Bei dem, was du in letzter Zeit in dich reinstopfst, muss dein Magen sich inzwischen in einen Klumpen Hornhaut verwandelt haben.«

Und deine Seele ebenfalls, denke ich bei mir. Wobei das weniger mit dem zu tun hat, was Jackie isst, als vielmehr mit dem, wie sie über Herrn Semmelfeins Krebs spricht – und was sie Jonas antut.

Vor ungefähr anderthalb Jahren war sie total in ihn verknallt (nebenbei bemerkt: Ich fand – und finde! – ihn auch ziemlich toll), aber leider ist er damals mit einem anderen Mädchen zusammengekommen. Vor ein paar Monaten hat sich die Sache dann umgekehrt. Jetzt liebt Jonas Jackie, aber sie lässt ihn links liegen und macht ständig mit anderen Jungs rum.

»Und wieso ist Leberkrebs fies?«, kommt Philipp auf unser eigentliches Thema zurück.

»Darüber reden wir nach dem Essen«, bestimmt Mama.

»Einverstanden«, sagt Papa.

»Ich will aber jetzt darüber sprechen«, beharrt Philipp.

»Und ich wollte euch noch erzählen, dass Niko, Evy und ich nächste Woche am Baggersee zelten«, verkündet Jackie.

»Das geht nicht!«, plärrt mein Bruder. »Niko und ich sind nämlich schon für die Ferien verabredet.«

»Doch nicht *der* Niko«, ranzt Jackie ihn an. »Sondern *die* Niko.«

»Sie heißt Nikoletta und ist so etwas wie Jackies Freundin«, erkläre ich Philipp.

»Sie ist meine beste Freundin«, betont meine Schwester.

»Ja klar«, murmele ich. »Und ich bin der Weihnachtsmann.«

Meine Mutter lässt ihr Besteck sinken und richtet ihren Blick fest auf Jackie.

»Wie kommst du darauf, dass wir dir das erlauben?«, fragt sie scharf.

»Was?«, entgegnet meine Schwester genervt.

»Das Zelten am Baggersee.«

»Ts!« Jackie wirft den Kopf zurück und guckt wie eine beleidigte Prinzessin. »Das ist ja wohl kein Ding!«

Mein Vater atmet geräuschvoll aus.

»Findest du?«

»Allerdings!«, blafft meine Schwester. »Niko und Evy …«

»Erzähl uns bitte nicht, dass die beiden ohne Aufsicht eines Erwachsenen mitten in der Wildnis zelten dürfen«, fällt Mama ihr ins Wort. »Dann ist die Diskussion an diesem Punkt nämlich zu Ende.«

»Boah ey … du bist so was von antidemokratisch!«, faucht Jackie.

Sie knallt ihr Besteck mitten in ihre angebissene Frischkäse-Zwiebel-Dattel-Maggi-Schnitte, springt vom Stuhl hoch und rauscht aus der Küche.

»Cool!« Philipp deutet grinsend auf den Trümmerhaufen auf Jackies Teller. »Das sieht aus, als ob da eine Bombe eingeschlagen hätte.«

»Tja«, meint Papa. »Wir befinden uns schließlich im Krieg.«

»Hä?«, fragt Philipp. »Wieso?«

»Das war doch bloß ein Scherz«, erwidere ich.

»Aha.« Mein Bruder scheint kurz darüber nachzudenken. »Und was ist antidemokratisch?«, will er wissen.

»Wenn einer bestimmt, was gemacht wird«, erkläre ich ihm.

»Du meinst Mama?«, hakt er nach.

Ich zucke mit den Schultern. »Zum Beispiel.«

»Oder Papa?«

Ich nicke.

»Mama und Papa sind aber nicht einer«, gibt Philipp zu bedenken. »Sondern zwei.«

»Stimmt«, sage ich seufzend und bemerke aus dem Augenwinkel, dass meine Eltern unser Gespräch amüsiert verfolgen.

»Antidemokratisch ist das Gegenteil von demokratisch«, beginnt Papa nun. »Und demokratisch bedeutet, dass nicht einer allein entscheidet, sondern dass man gemeinsam über eine Sache abstimmt.«

»Okay.« Philipp ist Feuer und Flamme. »Dann stimmen wir jetzt ab, ob Jackie mit Niko und Evy zelten gehen darf. Ich bin dafür!«, ruft er, hebt seine Hand und guckt mich erwartungsvoll an.

»Demokratie heißt aber auch, dass man erst mal über die Dinge redet, bevor man abstimmt«, sagt Papa.

»Das wollte Mama ja nicht«, gibt Philipp zurück und bollert mit den Fäusten auf den Tisch. »Sie wollte nämlich ganz alleine entscheiden.«

»Quatsch«, entgegne ich. »Sie möchte bloß nicht, dass Jackie sie anschwindelt.«

»Außerdem kann Mama nicht etwas erlauben, was eigentlich verboten ist«, fügt mein Vater hinzu.

»Wieso?«, wundert sich Philipp. »Was ist denn verboten?«

»Zum Beispiel ohne die Aufsicht eines Erwachsenen am Baggersee zu zelten«, antwortet Papa. »Stell dir nur vor, jemand dringt nachts in ihr Zelt ein.«

Philipp macht große Augen. »Und beklaut sie.«

»Ja, oder tut ihnen weh«, sagt meine Mutter.

»Zum Beispiel ein Axtmörder!«, ruft Philipp.

Mama und Papa sehen sich alarmiert an.

»Wie kommst du denn darauf?«, erkundigt sich meine Mutter.

»Tobias, der Bruder von Niko ... der hatte mal so einen Film«, beginnt Philipp freimütig zu erzählen.

»Moment mal ...«, unterbricht Papa ihn. »Habt ihr den etwa auch angeschaut?«

»Nee, nicht richtig«, erwidert Philipp. »Niko und ich haben uns bloß angeschlichen und hinter dem Sofa versteckt, aber dann hat Tobias uns entdeckt und aus dem Wohnzimmer gejagt.«

»Sehr vernünftig«, meint Mama und atmet geräuschvoll aus.

»Ihr könnt eben nicht immer auf uns aufpassen«, stellt mein kleiner Bruder fest.

»Das stimmt.« Lächelnd wuschelt Papa ihm durch die Haare. »Wir tun allerdings unser Bestes«, setzt er mit einem Augenzwinkern hinzu.

Philipp bläht die Backen und betrachtet Jackies Teller. »Darf ich das aufessen?«, fragt er schließlich.

»Wenn du es magst«, erwidert Mama achselzuckend. »Und unter der Bedingung, dass du den Schaden nicht noch vergrößerst.«

»Ich probier erst mal.« Philipp wechselt mit ausgebreiteten Armen und unter lautem Flugzeuggebrumm von seinem Stuhl auf den Platz meiner Schwester.

Vorsichtig zieht er das Besteck aus dem Frischkäse-Allerlei und leckt die Gabel ab.

»Hmmm, lecker!« Mein Bruder verdreht verzückt die Augen. Anschließend säubert er das Messer auf die gleiche Art und widmet sich dann dem Trümmerhaufen, den er innerhalb kürzester Zeit verputzt.

Danach wandert sein Blick zu meinem Teller, auf dem sich ein noch unberührtes Salamibrot befindet.

»Kann ich das auch haben?«, fragt er, und schon schnellt seine Hand zu mir herüber.

»Langsam, junger Mann!« Papa ergreift Philipp am Handgelenk, ehe dieser sich meine Salamistulle schnappen kann. »Lilly hat ja noch nicht einmal abgebissen.«

»Ich hab auch keinen Hunger«, sage ich.

Mir schwirren nämlich die ganze Zeit Herrn Semmelfeins treuherziger Blick und Oma Brilles rot geweinten Augen im Kopf herum. Ich weiß ja, dass der Border-Collie schon alt ist, aber ich habe überhaupt nicht damit gerechnet, dass er plötzlich so krank sein könnte.

»Vielleicht haben sie sich ja vertan«, murmele ich.

»Wen meinst du?«, fragt Mama.

»Die Leute beim Tierarzt. Vielleicht sind dort die Röntgenbilder vertauscht worden oder so.«

An diesen Strohhalm würde ich mich so gerne klammern, doch meine Mutter schüttelt bedauernd den Kopf.

»Du hast doch selber gehört, dass Herr Semmelfeins Leber zusätzlich noch per Ultraschall untersucht worden ist«, erwidert sie. »Außerdem wurde ein Blutbild gemacht. Ach, mein Schatz, ich wünschte selbst, es wäre anders«, fährt Mama fort, und ihre Stimme klingt jetzt verdammt krächzig, »aber die Ergebnisse sind leider eindeutig. Es hilft niemandem, auch Oma Brille nicht, wenn wir uns etwas anderes einzureden versuchen.«

Ich nicke und schlucke und senke den Kopf.

»Aber es geht Herrn Semmelfein doch noch gut«, presse ich hervor, während eine Träne nach der anderen auf meine Oberschenkel tropft.

»Noch ist es ja auch nicht so weit«, sagt Papa und drückt tröstend meine Hand, die wie ein Fremdkörper neben meinem Teller auf dem Tisch liegt.

»Zunächst bekommt er ein leberschonendes Diätfutter und Vitaminspritzen«, setzt meine Mutter hinzu. »Aber sobald er Schmerzen hat und nichts mehr fressen und trinken mag ...«

»Ja, ja, jaaa!«, stoße ich aus. »Ich will das jetzt nicht mehr hören!«

»Musst du ja nicht«, sagt Philipp, steckt sich die Finger in die Ohren und grinst mich an.

Ich strecke ihm die Zunge heraus und dann mache ich es wie Jackie eben: Mit einem Satz springe ich von meinem Stuhl auf und mit dem nächsten renne ich aus der Küche.

»Lilly!«, ruft Mama mir hinterher, doch da bin ich schon längst in meinem Zimmer.

Ich schließe die Tür und drehe leise den Schlüssel herum. Bis zu meinem Bett sind es fünf Schritte. Ich lasse mich bäuchlings auf die Überdecke fallen und drücke mein Gesicht in die Kissen.

Es dauert keine Minute und ich vernehme die Stimme meiner Mutter im Flur.

»Lilly? Ist alles in Ordnung?«

»Nein«, jaule ich.

»Würdest du bitte aufmachen?«

»Nein!«

»Lilly ... bitte!«

»Ich will nicht reden«, schniefe ich. »Ich will jetzt einfach bloß für mich alleine traurig sein.«

Mama seufzt sehr laut. – Logischerweise, denn sonst könnte ich es durch die geschlossene Tür ja gar nicht hören.

»Keine Angst, ich verhungere schon nicht!«, rufe ich. »Und jetzt lass mich bitte.«

Ich kann bis in meine Brust hinein spüren, wie meine Mutter mit sich kämpft.

»Also gut«, sagt sie nach einer Weile. »Aber ich möchte dir nachher noch eine gute Nacht wünschen.«

Klar.

»Lilly?«

»Ja.«

»Hast du mich verstanden?«

»Ja, Mama, hab ich.«

Ich sehe es vor mir, wie sie nickt. Wie sie zögert ... lauscht und schließlich langsam in die Küche zurückgeht.

»Ich hab dich auch lieb«, murmele ich, und dann heule ich richtig los.

Durch mein Fenster leuchtet bereits das Abendrot, als mein Rucksack losdudelt. Bestimmt Luis, denke ich, während ich meine Hand in das Seitenfach schiebe und nach meinem Handy angele.

Als ich jedoch auf das Display schaue, sehe ich Blümchens Festnetznummer blinken. Von einer Sekunde auf die andere bin ich total hibbelig und drücke sie vor lauter Hektik fast noch weg.

»Es ist passiert«, haucht sie.

»Was?«, stoße ich aus, doch bereits im nächsten Moment steht mir glasklar vor Augen, was sie damit meint. »Nein, sag jetzt nichts! Ich weiß schon: Du hast ihn endlich getroffen. Ihr habt euch geküsst. Und jetzt seid ihr zusammen.«

»Uääähähähähääää!«, jault Blümchen. »Lilly Wunderbar, du bist wirklich alles andere als wunderbahahahaaar!«, haut sie mir – Zack! Bum! – um die Ohren, dann ist die Verbindung unterbrochen.

»Mann ey!«, fluche ich und rufe sie sofort zurück.

Blümchen lässt es allerdings mindestens zehnmal klingeln, ehe sie abhebt.

»Verdammt, ich habe heute auch nur Mist erlebt!«, sage ich aufgebracht. »Außerdem kann ich ja nicht wissen, dass mit euch Schluss ist. Ich bin schließlich keine Hellseherin!«

»Wieso, du weißt es doch«, jammert Blümchen.

»Nee«, antworte ich. »Ich hab es mir zusammengereimt. Ich bin nämlich noch nicht ganz verblödet, falls du das denkst.«

»Denke ich überhaupt nicht«, gibt Blümchen entrüstet zurück. »Was hast du denn erlebt?«, fragt sie gleich darauf.

»Tante Elfriede hat Herrn Semmelfein weglaufen lassen. Sie hat Herrn Cornils geküsst und große Pläne mit ihm. Malte und Luis sind mir auf den Senkel gegangen und Herr Semmelfein hat Leberkrebs. Wahrscheinlich muss er bald eingeschläfert werden«, sprudelt es völlig unsortiert aus mir hervor.

Dreizehn endlos lange Sekunden herrscht Stille in der Leitung. Dann ruft Blümchen:

»Oh Mann, Lilly, ich komm sofort zu dir!«

»Bist du bescheuert!«, rufe ich zurück.

»Wieso?«

»Guck mal auf die Uhr!«

»Ja ... und! Wo ist das Problem?«, erwidert sie. »Ich schleich mich raus. Das schaff ich schon, ohne dass meine Mutter oder mein Vater es mitkriegen. Ich schick dir eine Nachricht, wenn ich vor eurem Haus stehe. Und dann soll Philipp deine Eltern ablenken, damit du mich unbemerkt reinlassen kannst.«

Wow! So viel Abenteuergeist hätte ich Blümchen gar

nicht zugetraut. Und ihr Plan wäre sogar perfekt, wenn es nicht bereits nach zehn wäre.

»Philipp pennt schon«, sage ich.

»Dann frag halt Jackie!«

»Das kannst du knicken.«

»Mensch, Lilly, jetzt stell dich mal nicht so an!«, erwidert Blümchen aufgebracht. »Jackie ist kein Monster. Sie ist deine Schwester. Du hast deinen Eltern nicht verraten, was sie mit dem Jungen unter ihrer Bettdecke gemacht hat, da wird sie dir ja wohl diesen einzigen kleinen Gefallen tun können! Wenn du dir allerdings zu fein bist, sie darum zu bitten, dann bist du selber schuld.«

»Ich weiß nicht, was Jackie mit diesem Kerl in ihrem Bett gemacht hat«, entgegne ich, obwohl es darum gerade am allerwenigsten geht. »Das konnte ich nämlich überhaupt nicht sehen.«

»Aber denken«, meint Blümchen, worauf ich jedoch nicht eingehe.

Stattdessen sage ich: »Außerdem hat Jackie sowieso gerade Beaf mit meinen Eltern.«

»Hä?« Meine Freundin stutzt. »Beaf? Was soll das sein?«

»Hackfleisch ... also *Ärger*«, verdeutliche ich ihr. »Jedenfalls kann ich unmöglich von ihr verlangen, dass sie heute noch ein Wort mit ihnen wechselt.«

»Mann!«, stöhnt Blümchen. »Bei euch ist ja echt was los! Aber heißt es nicht eigentlich Beat?«

»Was?«

»Na, das Beaf!«

Jetzt stutze ich.

»Nee ... Oder?«

Ist ja auch egal. Viel wichtiger finde ich, dass Blümchen ihren Kummer wegen Jakob über meinen Beaf-Hackfleisch-Beat-Ärger offenbar vollkommen vergessen hat.

»Wir reden morgen weiter, okay?«, schlage ich vor. »Mir geht es schon viel besser.«

»Wirklich?«, vergewissert sich Blümchen.

»Jap.«

»Schwörst du es?«

»Bei meinem Leben und dem aller, die mir lieb und teuer sind!«, sage ich feierlich.

»Yeah!«, kommt es von Blümchen.

Mein Herz macht einen kleinen Hüpfer. Tatsächlich ist mir schon viel leichter zumute und meiner Freundin geht es offenbar genauso. Und deshalb verkneife ich es mir zu erwähnen, dass Busra ausgezogen und Yassi deswegen völlig von der Rolle ist. Das kann ich Blümchen auch morgen auf dem Weg zur Schule erzählen.

»Verrätst du mir wenigstens noch, wieso deine Schwester *Beaf* mit deinen Eltern hat?«, bettelt sie.

Klar doch.

»Jackie findet sie altmodisch.«

»Echt? Hat sie das gesagt?«

»Eigentlich hat sie das Wort antidemokratisch gebraucht«, präzisiere ich. »Aber irgendwie läuft es ja auf dasselbe hinaus.«

»Antidemokratisch?«, fragt Blümchen. »Was meint sie denn damit?«

»Na, dass meine Eltern alles bestimmen und Jackie gar nichts zu entscheiden hat.«

»Wieso? Was war denn los?«, bohrt Blümchen weiter.

»Jackie will in den Ferien mit zwei Freundinnen am Baggersee zelten«, antworte ich.

»Das würde ich ihr auch nicht erlauben!«, erwidert meine Freundin. »Du weißt schon ... Jungs unter der Bettdecke und so ...«

»Das kann sie auch zu Hause«, gebe ich zurück. »Und *darum* geht es meinen Eltern auch gar nicht.«

»Sondern?«

»Um Räuber, Vergewaltiger und Axtmörder.«

Wieder dauert es mindestens sieben Sekunden, bis Blümchen reagiert.

»Ist nicht dein Ernst!«

»Okay, den Axtmörder hat Philipp ins Spiel gebracht«, lenke ich ein, »aber Räuber und Vergewaltiger sind ja nicht völlig auszuschließen. Ich hätte auf jeden Fall Schiss.«

»Brauchst du nicht«, meint Blümchen, und ich kann ihr Schmunzeln förmlich hören. »Zumindest nicht am Baggersee.«

»Hä? Wieso?«

»Tja, dann weißt du wohl noch nicht das Neueste«, triumphiert sie.

»Was denn?«, frage ich irritiert.

»Erzähl ich dir morgen«, vertröstet Blümchen mich. »Ich muss jetzt nämlich aufhören.«

Ach ja, und warum auf einmal?, will ich fragen, doch da säuselt sie bereits ihren Abschiedsgruß.

»Schlaf schön. Und denk an die vielen tollen Stunden mit Herrn Semmelfein. Ich mach das mit Jakob genauso.«

Ehe ich etwas erwidern kann, ertönt ein Klacken, und kurz darauf dringt das Besetztzeichen in mein Ohr.

Hallo!, denke ich empört. Das kann man ja wohl überhaupt nicht miteinander vergleichen! Erstens ist Jakob ein Mensch und Herr Semmelfein ein Hund. Zweitens hat Blümchen nicht ansatzweise so viel Zeit mit ihrem Herzallerliebsten verbracht wie ich mit Oma Brilles Border-Collie und drittens soll Jakob schließlich nicht eingeschläfert werden. – Zum Glück!

Und dann auch noch diese blöde Geheimniskrämerei wegen des Baggersees.

Grummelnd schalte ich das Handy aus und bunkere es tief unten in meinem Rucksack, damit es mich heute ganz sicher nicht mehr stört. Von schön schlafen kann jetzt natürlich überhaupt keine Rede sein.

Vielen Dank auch, Blümchen!

F.A.T.- Belagerung

Am nächsten Morgen dümpelt die Stimmung in meiner Familie noch immer um den Nullpunkt herum. Alle ziehen lange Gesichter und wurschteln mehr oder weniger still vor sich hin.

Ich fühle mich schrecklich – obwohl Mamas Gutenachtkuss, ihr feiner Schokoduft und die kleine ovale Praline mit den Silberperlen obendrauf, die sie mir gestern Abend auf meinen Nachttisch gelegt hat, mich durchaus ein wenig hatten trösten können. Jetzt jedoch, nachdem ich das Bett verlassen, mir lustlos Jeans und T-Shirt von gestern angezogen und mich an den Frühstückstisch gesetzt habe, ist davon nichts mehr zu spüren.

Ich will nicht, dass Herr Semmelfein sterben muss, ich will nicht, dass Yassi verzweifelt ist, und ich will auch nicht, dass Blümchen sich so geheimniskrämerisch benimmt. Gerade jetzt, wo wir beide Kummer haben, finde ich das völlig überflüssig.

Und wenn ich ehrlich bin, habe ich auch nicht die geringste Lust, mich heute Nachmittag auf ein Eis mit Luis zu treffen.

Das Schlimmste aber ist, dass Jackie heute Morgen nicht in ihrem Zimmer war. Philipp hat es als Erster gemerkt und Mama, Papa und mich aus dem Schlaf gebrüllt.

»Ihr seid schuld«, knurrt er und verpasst seiner Müslischale einen Schubs. »Und Hunger habe ich sowieso keinen.«

»Ohne Frühstück lasse ich dich aber nicht in die Schule«, sagt Mama und streicht ihm flüchtig übers Haar.

»Dann bleib ich eben hier und warte, bis Jackie zurückkommt«, erwidert mein Bruder und schlägt halbherzig nach ihrer Hand. »Falls sie das überhaupt macht.«

»Natürlich kommt sie wieder«, entgegnet Papa. »Ich wette, spätestens heute Abend hockt sie auf ihrem Bett, hört Musik und tut so, als ob nichts gewesen wäre.«

»Wetten nicht?« Philipp funkelt meinen Vater zornig an. »Wenn ihr sie nicht findet, hau ich auch ab.«

»Das lässt du schön bleiben«, sage ich, lasse meinen Blick über den ungewöhnlich spärlichen Frühstückstisch gleiten und stoße einen langen, tiefen Seufzer aus. »Du bist doch noch viel zu klein.«

»Bin ich nicht«, faucht Philipp.

»Ich denke auch, dass deine Schwester heute Abend wieder zu Hause sein wird«, meint Mama. Sie setzt sich auf ihren Stuhl, nimmt eine Scheibe Graubrot aus dem Korb und fragt: »Was möchtet ihr drauf haben?«

Verdutzt sehe ich sie an. Es ist nämlich schon ewig lange her, seit sie das letzte Mal ein Schulbrot für mich geschmiert hat.

Meine Mutter lächelt mich an. »Wurst oder Käse?«

»Keine Ahnung, ich ...«

»Also Käse«, sagt sie, streicht mit schneller Geste eine hauchdünne Schicht Butter auf die Schnitte und krönt das Ganze mit zwei Scheiben Gouda.

»Mama!«, stöhne ich.

»Lilly«, erwidert sie und lächelt noch etwas breiter. »Glaub mir: Es wird alles wieder gut.«

Ich spüre, dass sie es ernst meint. Und obwohl wir eigentlich alle wissen, dass es gewissermaßen geschwindelt ist, fühlt es sich in der Küche gleich um ein paar Grad wärmer an.

Philipp greift nach dem Glas mit den Honigpops und lässt eine recht übersichtliche Anzahl davon in seine Schale rieseln. Papa reicht ihm die Milch und Mama schmiert mir noch ein zweites Käsebrot. In Philipps Niko-Rosberg-Dose legt sie einen Doppeldecker mit Hubschrauberwurst und außerdem bekommen wir jeder einen Apfel.

Ich verstaue die Schnitten in meinem Rucksack und esse den Apfel sofort.

»Was meint ihr, wo Jackie hingegangen ist?«, frage ich.

Mama deutet zum Fenster. »Das Wetter ist super«, erwidert sie, und noch immer umspielt ein Lächeln ihre

Mundwinkel. »Ich an ihrer Stelle wüsste, was ich heute täte.«

Meine Mutter hat recht, das Wetter ist wirklich super. Nicht ein einziges Wölkchen trübt den blauen Morgenhimmel, und die Sonnenstrahlen tanzen hell und warm auf meiner Haut, als wollten sie mich und meine Niedergeschlagenheit verhöhnen. Kühles Grau in Grau und ein feiner Nieselregen würden sehr viel besser zu meiner Stimmung passen, und deshalb bin ich froh, dass ich nicht mit dem Fahrrad durch den hellen Sonnenschein fahren muss, sondern einen guten Grund habe, die U-Bahn zu nehmen. Denn heute fahre ich gleich nach der Schule zu Oma Brille nach Wittenfeld.

Ich mache der Sonne eine lange Nase, ziehe die Riemen an meinem Rucksack ein wenig straffer, damit dieser nicht bei jedem Schritt gegen meinen Rücken schlägt, und laufe zügig zur Untergrundstation.

Blümchen hat heute garantiert ihren Drahtesel bestiegen und wird sich natürlich wundern, dass ich nicht an unserem Treffpunkt erscheine. Vielleicht hat sie sogar noch von zu Hause aus versucht, mich auf dem Handy anzurufen, und mir anschließend vom Smartphone ihrer Mutter eine SMS geschickt, was ich aber beides nicht registrieren werde, weil ich mein Mobilteil seit unserem Gespräch gestern Abend nicht mehr angerührt habe. Es liegt noch immer eingequetscht zwischen Geschichtsbuch, Grammatikkladde und Deutschunterlagen auf dem Grund des Rucksacks, und ich werde es auch nicht eher wieder in Betrieb nehmen, bis dieser Tag beendet ist und ich heute Abend zu Hause in meinem Zimmer bin.

Sollte Luis unsere Verabredung also verlegen und mir das auf diesem Weg mitteilen wollen, hätte er leider Pech gehabt. Entweder er kommt um 16 Uhr ins *Häagen-Dazs* oder er lässt es bleiben. – Wobei mir Letzteres natürlich weitaus lieber wäre.

Zehn Minuten später sitze ich in der U-Bahn, die an diesem Morgen wesentlich leerer ist als üblicherweise. Offenbar haben sich eine ganze Menge Leute entschieden, bei dem strahlenden Sonnenschein lieber mit dem Fahrrad zur Schule und zur Arbeit zu fahren.

Mir ist das sehr recht, denn so habe ich einen ganzen Viererplatz für mich allein, auf dem ich mich ausbreiten und noch rasch die Mathehausaufgaben erledigen kann, für die mir gestern vor lauter Aufregung um Herrn Semmelfein, Yassi und Blümchen einfach der Kopf fehlte.

Ich lege den Rucksack auf den Platz neben mir, damit ich ihn als Unterlage für das Mathebuch und mein Heft benutzen kann, und habe gerade die vorletzte Bruchdivision gelöst, als in meinem Gesichtsfeld vier Jungenbeine auftauchen, die sich mir gegenüber auf der Sitzbank niederlassen.

»Kannst du mal deinen Rucksack da wegnehmen?«, ertönt Fuats Stimme über mir.

Ich zucke zusammen, denn ich habe weder bemerkt, dass die Bahn die Haltestelle am Hauptbahnhof passiert hat, noch damit gerechnet, dass Fuat und seine beiden Kumpel Tarik und Akin sich ausgerechnet zu mir setzen würden.

»Hockt euch doch woanders hin«, brumme ich, ohne aufzublicken.

»Woanders ist kein Platz«, erwidert Fuat.

»Jedenfalls kein Vierer«, setzt Akin hinzu.

»Und dein Rucksack hat wohl kaum eine Fahrkarte, oder?«, meint Fuat, und Tarik sagt: »Außerdem müssen wir mit dir reden.«

»Hä? Wieso?«, knurre ich, während ich unbeirrt die letzte Aufgabe aus dem Buch in mein Heft übertrage.

»Das heißt nicht wieso, sondern worüber«, klärt Akin mich auf, was ich mit einem Aufstöhnen zur Kenntnis nehme.

Hin- und hergerissen zwischen Neugier und Genervtsein rechne ich schnell den Klammerbruch aus, stopfe die Mathesachen in den Rucksack und platziere ihn auf meinem Schoß.

Sofort lässt Fuat sich neben mich fallen und nimmt dabei unverschämt viel Raum ein. Sowohl unsere Knie als auch unsere Arme berühren sich, was ich ziemlich unangenehm finde. Demonstrativ rücke ich von ihm ab und so nah wie möglich ans Fenster.

»Was hast du mit Yasemin gemacht?«, fragt Akin.

Es klingt nicht wie eine Frage, sondern ganz klar wie ein Vorwurf, – aber den Schuh werde ich mir natürlich nicht anziehen. Stattdessen versuche ich, möglichst gleichmütig zu wirken.

»Wieso?«

»Diesmal ist das Fragewort korrekt«, entgegnet Akin. »Allerdings hätten wir lieber eine Antwort bekommen.«

»Keine Ahnung, was ihr meint«, sage ich, schlinge die Arme um den Rucksack und drücke ihn fest an mich.

Tarik, der mir genau gegenübersitzt, grinst.

»Hast du etwa Angst, dass er dir geklaut wird?«

»Nee, wäre bloß schade um das Geld, das ich für sein Ticket ausgegeben habe«, gebe ich schulterzuckend zurück.

»Hä?«, macht Akin, und Tarik grinst noch breiter.

»Echt schade, dass er jetzt auf deinem Schoß hocken muss«, feixt er. »Aber wir können ja tauschen.«

»Besten Dank«, fauche ich, woraufhin Fuat beschwichtigend die Hand hebt.

»Jetzt hör mal auf mit dem Mist!«, weist er Tarik zurecht und wendet sich dann mir zu. »Sobald du unsere Frage beantwortet hast, lassen wir dich in Ruhe.« Er sieht mich erwartungsvoll an. »Also?«

»Also was?«

»Was ist mit Yasemin los?«

Okay, das hört sich schon etwas anders an.

»Das wüsste ich auch gerne«, sage ich.

Akin neigt sich mir entgegen und mustert mich eindringlich.

»Jetzt quatsch nicht rum«, gibt er ungeduldig zurück. »Du bist ihre Freundin.«

»Das heißt noch lange nicht …«, beginne ich.

»Ich weiß, dass du gestern Mittag bei ihr warst«, fährt Akin dazwischen. »Direkt nach der Schule.«

»Na und?«, blaffe ich. »Stehe ich jetzt etwa auch unter eurer Beobachtung?«

Die drei Jungen tauschen irritierte Blicke.

»Natürlich nicht!«, entgegnet Fuat empört. »Und was meinst du überhaupt mit *auch*?«

»Na, das muss ich euch ja wohl nicht erklären!«, antworte ich und tippe mir an die Stirn. »Dass ihr Yassi auf Schritt und Tritt verfolgt … Und zwar seitdem sie an unsere Schule gekommen ist! Wahrscheinlich würdet ihr ihr am liebsten eine Wanze ins Kopftuch stecken, damit ihr hört, über was sie mit Blümchen …«

Akin runzelt die Stirn. »Wer ist Blümchen?«

»Hahaha!« Tarik klopft sich lachend auf die Oberschenkel. »Yasemin redet mit Blumen.«

»Ihr seid echt bescheuert!«, fauche ich und wedele mir mit der Hand vor dem Gesicht herum. »Blümchen ist Kamilla. Meine Freundin.«

Kaum zu glauben, dass es sich noch immer nicht herumgesprochen hat, wie ich sie nenne.

»Du meinst deine andere Freundin«, präzisiert Fuat, und Tarik kriegt sich jetzt gar nicht mehr ein.

»Merkt ihr was?«, johlt er. »Die sind beide Blumen. Yasemin und Kamilla.«

»Bravo«, knurre ich. »Man sollte dir einen Orden verleihen.«

»Sie sind sogar alle drei Blumen«, triumphiert Akin. »Kamille, Lilie und Jasmin.«

Ich verdrehe die Augen und sehe an Tarik vorbei aus dem Fenster in die Dunkelheit des U-Bahn-Tunnels. In der Ferne schimmert bereits das Licht der Südstation.

»Lasst ihr mich bitte mal vorbei«, sage ich.

Akin schüttelt den Kopf. »Wieso?«

»Weil wir die Nächste rausmüssen.«

»Eben«, betont Akin. »*Wir.*« Und dann stellt er eine völlig absurde Frage. »Trägt sie deswegen ihr Kopftuch nicht mehr? Weil sie denkt, dass wir darin eine Wanze versteckt haben?«

Ich starre ihn an, als hätte er Kurmandschi gesprochen.

»Redest du von Yassi?«, stammele ich.

»Von wem sonst?«, erwidert er. »Sooo wahnsinnig viele Mädchen, die ein Kopftuch tragen, kennst du ja nicht, oder?«

Es klingt weder spöttisch noch sauer oder sonst in irgendeiner Weise provozierend, sondern eigentlich ziemlich normal. Beinahe so, als wollte er von mir wissen, wie das Multiplizieren und Dividieren von Brüchen funktioniert.

»Nein«, sage ich.

Unterdessen rollt die Bahn in die Südstation ein.

Akin, Fuat und Tarik erheben sich.

»Bitte schön.« Fuat deutet zum Gang. »Ladies first.«

Ich schultere meinen Rucksack, quetsche mich an den Jungs vorbei und bringe vor lauter Überraschung nicht einmal ein Danke über die Lippen.

»Aber renn nicht gleich weg, ja?«, ruft Akin mir hinterher. »Wir können den Weg zur Schule doch auch zusammen gehen.«

Ich bin mir nicht sicher, ob ich das will, und begebe mich zügig in Richtung Tür. Doch noch ehe ich den Bahnsteig betreten kann, sind die drei bereits wieder neben mir.

»Oder hast du irgendwelche Probleme damit?«, erkundigt sich Fuat.

»Womit?«, frage ich, während ich auf die Rolltreppe zusteuere.

»Von Jungen begleitet zu werden«, erwidert Fuat, und Tarik präzisiert: »Von türkischen Jungs.«

Ich schüttele kaum merklich den Kopf, was sich in erster Linie auf Tariks Kommentar bezieht. Natürlich habe ich nichts gegen Jungs, schon gar nicht, wenn sie darüber hinaus einer Minderheit angehören. Grundsätzlich ziehe ich aber das Zusammensein mit Blümchen und Yassi vor. Und genau davon hatte ich in den letzten vierundzwanzig Stunden eindeutig zu wenig – bei proportional ansteigender Anwesenheit von Jungen in meinem direkten Umfeld, wohlgemerkt. Oh wow!

Schade, dass mein Mathelehrer, Herr Unwecht, alias Mister Ungerecht, meine Gedanken nicht lesen kann. Bestimmt wäre er wahnsinnig stolz auf mich! Dabei hatten wir bei ihm im Unterricht noch gar nichts mit Proportionen. Ich weiß allerdings von Jackie, dass so etwas irgendwann drankommt.

Apropos Jackie: Inzwischen bin ich mir ziemlich sicher, was meine Mutter vorhin meinte, als sie sagte, an Stelle meiner Schwester würde sie schon wissen, was sie bei diesem schönen Wetter heute täte: nämlich ins Schwimmbad gehen!

Viel Spaß beim Schuleschwänzen, denke ich missmutig. Schon möglich, dass Jackie ihren blauen Tag genießt, mir ist nur nicht ganz klar, was eine solche Aktion bringen soll. Außer einem Eintrag ins Klassenbuch – und noch mehr Ärger mit meinen Eltern.

»He, wieso sagst du nix?«, holt Akins Stimme mich ins Hier und Jetzt zurück, und mit einem Schlag wird mir bewusst, dass Yassi im Moment weiß Gott größere Probleme hat als meine Schwester. – Und dass sie im Gegensatz zur F.A.T. nicht in der Bahn gewesen ist! Was eigentlich nur zweierlei bedeuten kann: Entweder fährt Busra oder ihr Vater sie mit dem Auto zur Schule oder sie ist zu Hause geblieben.

»Was ist denn mit Yassis Kopftuch?«, platzt es aus mir heraus.

»Genau das wollten wir eigentlich von dir erfahren«, gibt Fuat zurück.

»Ich habe keine Ahnung ... Ich weiß nur ...«

»Was?«

Fuats Blick aus seinen dunklen Augen brennt geradezu auf meiner Haut. Rasch wende ich mich ab und fixiere die Stufen der Rolltreppe vor mir.

»Jetzt sag schon!«, fordert Akin mich auf.

»Ach, gerade du müsstest es doch am besten wissen!«, entfährt es mir. »Yassi ist deine Cousine. Deine Mutter ...«

In letzter Sekunde beiße ich mir auf die Zunge. Es fehlte gerade noch, dass mir ausgerechnet ihm gegenüber etwas Unüberlegtes über Yassis Tante Hatice herausrutscht.

Doch leider lässt Akin nicht locker.

»Was ist mit meiner Mutter, he?«, zischt er und stupst mich gegen den Oberarm.

»Lass das mal, okay?«, knurrt Fuat seinen Freund an. »So kriegst du garantiert nichts aus ihr raus.«

»Ich kann euch sowieso nichts erzählen«, erwidere ich. »Und wenn ihr glaubt, dass Yassi kein Kopftuch mehr trägt ...«

»Glauben wir nicht«, unterbricht Tarik mich. »Wissen wir.« Er spreizt Zeige- und Mittelfinger und deutet damit auf seine Augen. »Weil wir es gesehen haben.«

Inzwischen haben wir die Eingangshalle der Südstation durchquert und treten durch die Glastür ins Freie. Ich bleibe stehen und mustere die drei Jungen forschend. Trotz Yassis heftiger Reaktion kann ich kaum glauben, dass sie so ohne Weiteres auf ihr Kopftuch verzichtet. Dafür ist es ihr eigentlich viel zu wichtig.

Möglich wäre natürlich, dass sie gestern die Wohnung gar nicht mehr verlassen hat und sie Fuat, Akin und Tarik dort ohne ihr Kopftuch vor die Nase geraten ist. Das wäre allerdings nichts Ungewöhnliches gewesen und auf keinen Fall ein Grund, so ein Theater darum zu veranstalten, wie die F.A.T. es hier gerade tut.

»Wann habt ihr sie so gesehen?«, wende ich mich an Fuat, denn er scheint mir immer noch der Vernünftigste von den dreien zu sein.

»Heute Morgen«, antwortet er mit ernstem Gesicht.

Also doch, durchzuckt es mich, und ich spüre, wie mein Puls in die Höhe schnellt.

»Wo?«

»Vor ihrem Imbiss.«

»Bist du ganz sicher?«, vergewissere ich mich.

»Natürlich. Wir sind doch nicht blind.«

»Und blöd schon gar nicht«, bekräftigt Tarik und tippt sich wichtigtuerisch an die Stirn, hinter der sich garantiert mehr Hohlraum als Hirnmasse befindet.

Akin nickt. »Außerdem warten wir jeden Morgen vor dem Haus auf sie.«

»Ja, schon klar«, knurre ich. »Um sie zu beschatten und um zu verhindern, dass sie sich mit jemandem anfreundet, der euch nicht in den Kram passt. Vor allem, wenn es sich dabei um einen deutschen Jungen handelt.«

»Einen Christen«, korrigiert Fuat mich. »Die gibt es übrigens auch in der Türkei.«

Na toll!

»Soll ich jetzt beruhigt sein, dass ihr nichts gegen Deutsche habt, sondern nur gegen Christen?«, blaffe ich. »Ich bin übrigens gar nichts, falls euch das interessiert. Wenn es überhaupt einen Gott oder einen Allah gibt, dann ist er nämlich für alle Menschen da.«

»Also bist du doch etwas«, entgegnet Fuat.

Seine Miene ist noch immer furchtbar ernst. Fast schon beängstigend.

»Ja, vielleicht«, sage ich, dann wende ich mich ab und laufe weiter.

Ich kann jetzt nicht mehr reden, sondern muss erst einmal in Ruhe darüber nachdenken, was das Ganze für Yassi bedeutet. Wie sie sich jetzt fühlt, ob sie Angst hat und wie unsere Mitschüler wohl reagieren werden, wenn sie plötzlich ohne ihr Kopftuch in der Klasse auftaucht.

»Wir beschatten sie nicht!«, brüllt Akin mir hinterher.

»Und wir haben gar nichts gegen dich oder Kamilla!«, ruft Fuat. »Wir sorgen uns bloß um Yasemin.«

»Ist klar«, murmele ich und gehe noch etwas schneller. »Und morgen kommt der Weihnachtsmann.«

Große Aufregung

Kurz bevor ich das Schulgelände betrete, trifft mich etwas am Kopf. Es ist klein und hart und tut verdammt weh. Ich zucke zusammen und wirbele herum.

»Mann! Seid ihr bescheuert!«, brülle ich in der Annahme, Akin, Fuat und Tarik gegenüberzustehen.

Doch zu meiner Überraschung bauen sich die drei Pissnelken vor mir auf. Die F.A.T. dagegen scheint sich in Luft aufgelöst zu haben.

»Halt dich gefälligs aus unsren Angelegenheiten raus«, zischt Kristina, die sich bei Marie und Annabelle untergehakt hat und mich hochnäsig anfunkelt.

Alle drei tragen weiße Jeansshorts und wild gemusterte Blumentops und wie immer haben sie ihre blonden Haare mit tausend Glitzerspangen hochgesteckt. Ihre Lider schimmern bis unter die Brauen in hellem Blau und ihre Lippen glänzen babyrosa.

»Wovon redest du?«, zische ich zurück, während ich mir die schmerzende Stelle an meinem Hinterkopf reibe. »Und was habt ihr nach mir geworfen?«

»Keine Panik«, entgegnet Annabelle und lässt eine Kaugummiblase platzen. »War bloß ’n Stein.«

Bloß? Ich glaub, es hackt!

»Ihr seid ja so was von unterbelichtet!«, fauche ich.

»Pfff«, macht Marie und wirft ihren Kopf in den Nacken.

»Wenn du noch ein Mal mit den Jungs quatschtsch ... quawatschtssst ...«, bricht Kristina sich einen ab.

»Welche Jungs?«, frage ich kopfschüttelnd, da fällt mir ihre peinliche Rankingliste ein, die mir der Wind gestern quasi vor die Füße gepustet hat. »Ach, ihr meint Fuat«, sage ich grinsend.

»Das geht dich gar nix an!«, zickt Marie.

»Was denn jetzt?«, erwidere ich. »Mit Fuat darf ich also reden?«

»Darfste nich!«, knurrt Kristina, woraufhin Annabelle und Marie ihr kichernd die Ellenbogen in die Rippen rammen.

»Mann ey!«, meckert Kristina sofort los. »Seid ihr doof, oder was?«

»Ich tipp mal auf Ja«, sage ich und grinse noch breiter. »Allerdings gilt das auch für dich.«

»Hä?«

Kristina guckt mich verständnislos an.

»Eine Erdnuss hat jedenfalls eindeutig mehr Gehirn als du«, versuche ich zur Erhellung ihres Oberstübchens beizutragen.

Aber wie ich Kristina kenne, hat sie garantiert vergessen, eine Glühbirne einzuschrauben.

»Eine Erdnuss hat überhaupt kein Hirn«, trumpft Annabelle auf.

»Eben«, sage ich, zwinkere ihr vielsagend zu und gehe dann einfach weiter.

Es dauert ungefähr zehn Sekunden, dann höre ich Kristina brüllen:

»He, warte doch mal!«

Gleichzeitig ertönt hinter mir das Quietschen einer Fahrradbremse und im nächsten Moment taucht Blümchen neben mir auf.

»Was wollen die denn von dir?«, fragt sie und springt vom Rad.

»Ach«, ich winke ab, »gar nichts!«

»Dann brauchst du also keine Unterstützung, Lilly Wunderbar?«

Blümchens veilchenblaue Augen leuchten mit dem Blau des Himmels um die Wette und die Sommersprossen auf ihrer Nase tanzen übermütig. Meine gestern noch so liebeslädierte Freundin scheint wie ausgewechselt und mit einem Schlag ist auch mein Unmut gegen sie wie fortgeblasen.

»Ich brauche sogar jede Menge Unterstützung«, erwidere ich, schlinge meinen Arm um ihren Hals und lasse meinen Kopf auf ihre Schulter sinken.

»Die hab ich dir gestern Abend schon angeboten«, erinnert Blümchen mich. »Und ich schwöre dir: Wenn du dich nicht quergestellt hättest, wäre ich auf jeden Fall noch vorbeigekommen.«

»Ich hab mich nicht quergestellt«, widerspreche ich. »Ich habe bloß ...«

»Ja, ich weiß, du hast deinen Kopf gebraucht.« Blümchen stupst ihre Hüfte gegen meine. »So wie eigentlich immer.«

»Das ist schließlich der Sinn der Sache«, brumme ich. »Wozu hat man ihn denn! Außerdem hätte es garantiert einen Riesenärger gegeben, wenn du erwischt worden wärst und dann ...«

»Ja, ja, ja«, fährt Blümchen ungeduldig dazwischen. »Ich weiß zwar nicht, wie es dir geht, aber ich habe keine große Lust zu streiten. In zehn Minuten fängt der Unterricht an und ich würde vorher gerne noch ein paar Dinge von dir erfahren.«

»Zum Beispiel?«

Blümchen verdreht die Augen.

»Zum Beispiel, wie es Herrn Semmelfein geht, welche Pläne deine bescheuerte Großtante hat, inwiefern Luis und Malte dich genervt haben, was die Pissnelken von dir wollten und ... und ... und ...«

»Okay«, sage ich und hole einmal tief Luft. »Da wären allerdings noch die F.A.T und Yassi ... Keine Ahnung, ob ich das in zehn Minuten schaffe.«

»Na, dann leg mal los«, meint Blümchen grinsend.

Oh Mann! Ich brauche sie nur anzuschauen und schon fängt mein Herz an zu flirren. Selten bin ich so froh gewesen wie in diesem Augenblick, dass Blümchen meine Freundin ist und ich mit ihr über alles reden kann. Es fühlt sich an, als hätte ich sie wochenlang nicht gesehen.

Auf dem Weg zum Fahrradunterstand erzähle ich ihr in aller Eile, was seit gestern Mittag passiert ist, mit einer einzigen Ausnahme: Meine Verabredung mit Luis heute Nachmittag verschweige ich noch immer. Ohnehin wird in der Eisdiele nichts Weltbewegendes passieren. Wozu also soll ich riskieren, dass Blümchen die Sache in den falschen Hals kriegt? Und das wird sie – hundertpro!

Trotzdem fühle ich mich mit diesem kleinen Geheimnis äußerst unwohl und so wechsele ich rasch das Thema.

»Jackie ist übrigens verschwunden.«

»Wie, verschwunden?«, fragt Blümchen, nachdem sie ihr Rad in den Ständer gehoben und das Kettenschloss geöffnet hat.

»Wahrscheinlich hat sie sich heute früh, als wir noch schliefen, aus der Wohnung geschlichen«, erwidere ich. »Meine Mutter meint, dass sie bei diesem Wetter wohl ins Schwimmbad gefahren ist und spätestens heute Abend wieder auf der Matte steht. Mit eingravierter Unschuldsmiene versteht sich.«

»Hm …« Blümchen zieht die Kette durch ihr Vorderrad und verriegelt das Schloss. »Schon möglich«, murmelt sie. »Entweder ins Schwimmbad oder an den Baggersee. Dort wollte sie doch sowieso zelten, oder?«

»Ja, aber erst nächste Woche«, gebe ich zurück, und

plötzlich durchzuckt mich ein Schreck. »Vielleicht ist sie ja doch schon in der Nacht losgezogen und …« Ich breche ab und schüttele den Kopf. »Nie und nimmer hockt Jackie sich allein in diese Wildnis.«

»Wildnis war mal«, entgegnet Blümchen. »Das ist Schnee von gestern.« Als sie meinen irritierten Gesichtsausdruck bemerkt, guckt sie auf einmal ganz ernst. »Eigentlich hätte ich es dir am Telefon schon erzählen sollen, aber da konnte ich ja nicht ahnen, dass deine Schwester sich vom Acker machen würde.«

»Was ist denn mit dem Baggersee?«, frage ich ungeduldig. »Ich war übrigens ganz schön sauer auf dich, weil du dich so plötzlich verabschiedet hast.«

»Tut mir leid«, sagt Blümchen zerknirscht. »Ich hab's nicht böse gemeint, aber manchmal …«

Jetzt sieht sie so traurig aus, dass mir richtig weh ums Herz wird.

»Was ist?«, hake ich vorsichtig nach.

»Ach, ich weiß auch nicht. Manchmal habe ich einfach keine Lust zu reden und möchte mich am liebsten verkriechen.« Sie wendet sich ab und trottet mit gesenktem Kopf in Richtung Schulgebäude. »Auf jeden Fall ist es megaätzend.«

»Aber …?« Bestürzt laufe ich hinter ihr her. »Dann ist es vielleicht doch nicht so schlau, dass du und Ja …«

»Mit Jakob hat das gar nichts zu tun«, bricht es aus meiner Freundin hervor, ehe ich seinen Namen aussprechen kann. »Jedenfalls nicht direkt.«

»Und was bedeutet das?«

»Dass ich ... erleichtert bin«, kommt es stockend von Blümchen. »Zumindest meistens.«

Aha ...

»Und dazwischen?«, frage ich und berühre sie sanft am Rücken. »Zwischen meistens und meistens?«

»Hänge ich rum und flenne wie eine liebeskranke Idiotin.«

»Oh«, sage ich und lasse meine Hand hastig wieder sinken, denn jetzt bleibt meine Freundin ruckartig stehen und funkelt mich so finster an, als wäre ich an allem schuld.

»Darauf habe ich keinen Bock, kapierst du?«

Ich nicke vorsichtig.

»Glaub schon.«

»Besser ein Ende mit Schrecken als ein Schrecken ohne Ende«, sagt Blümchen.

»Du wirst schon wissen, was richtig für dich ist«, versuche ich sie aufzumuntern.

»Genau das tu ich eben nicht«, entgegnet Blümchen heftig. »Ich weiß nicht mehr, was richtig und was falsch ist. Wenn ich aber ständig darüber nachdenken muss, werde ich verrückt. Außerdem ist in meinem Kopf dann kein Platz mehr für irgendetwas anderes.«

»Hmm«, sage ich. »Ist mir auch schon aufgefallen.«

»Aha.« Blümchen mustert mich stirnrunzelnd. »Na ja, jedenfalls habe ich beschlossen, dieser ganzen blöden Grübelei ein Ende zu setzen, indem ich eine

Entscheidung treffe und dann einfach eisenhart dabeibleibe.«

»Egal, ob sie richtig oder falsch ist?«

Blümchen nickt. »Genau.«

»Kapier ich nicht.«

»Musst du ja auch nicht«, erwidert sie und stößt einen drei Kilometer langen und fünfhundert Meter tiefen Seufzer aus.

»Aber ich bin deine Freundin«, protestiere ich, »und deshalb würde ich gerne ...«

»Das ist toll«, unterbricht Blümchen mich. Es klingt allerdings völlig unbegeistert. »Ehrlich, Lilly, das ist sogar sehr toll. Trotzdem solltest du nicht versuchen, mich zu verstehen oder mir womöglich deine Wundersprüche als Lösung anzubieten. Aus dieser Phase bin ich nämlich raus.«

Mittlerweile haben wir den Eingang zum Schulgebäude erreicht. Blümchen schlüpft hinter einer Oberstufenschülerin hinein und lässt die Tür hinter sich zufallen.

»Vielen Dank«, murmele ich. »Auch für den Tipp und so.«

Ich habe das Gefühl, dass sich gerade ein Abgrund an Rätseln vor mir auftut, und treffe ebenfalls eine eisenharte Entscheidung: Ich werde Blümchens Rat befolgen. In welcher Phase sie sich auch immer gerade befinden mag, ich werde einen großen Bogen darum machen.

»OH MEIN GOTT!«, haucht Blümchen.

Inzwischen befinden wir uns auf unserem Platz im Klassenraum, und ich hänge gerade mit dem Kopf unter dem Tisch, um meine Mathesachen aus dem Rucksack zu holen. »Da ist sie.«

»Wer?«

»Na, wer schon? ... Yassi.«

Ich schnelle hoch und stoße mit der Stirn gegen die Tischkante.

»Aouuh!«, jaule ich, doch niemand achtet auf mich.

Meine Klassenkameraden halten ihren Blick stumm nach vorn gerichtet. Einen Augenblick lang herrscht absolute Stille, dann quäkt Kristina: »Ach, du krasse Scheiße«, und eine Sekunde später bricht ein tosender Jubelsturm aus.

Alle (mit Ausnahme der Pissnelken) stampfen mit den Füßen und trommeln mit ihren Fäusten auf den Tischen herum.

Bent und Jannik rufen: »Joh! Joh! Joh! Joh! Joh!«, Ole stößt einen lang gezogenen Pfiff aus und BD grinst über beide Backen.

»Jetzt guckt nicht so dumm in der Gegend herum, sondern widmet euch bitte der Aufgabe, die ich euch gegeben habe«, brüllt Yassi in äußerst strengem Tonfall mit Frau Schönerscheidts Stimme gegen den Tumult an, woraufhin alle (mit Ausnahme der Pissnelken) in Gelächter ausbrechen.

Yassis Wangen röten sich. Mit schnellen Schritten huscht sie auf unseren Tisch zu und sinkt neben mir auf ihren Stuhl.

»Das sach ich!«, kräht Kristina hinter uns. »Wenn du noch mal Frau Schönerscheidt nachäffs ...«

»Ach, halt doch die Klappe!«, schnaube ich. »Yassi äfft niemanden nach. Sie imitiert die Stimmen.«

»Genau!«, ruft Björn-Dakota. »Das ist große Kunst.«

»Sie ist nämlich krank«, fährt Marie dazwischen, und auf einen Schlag ist es wieder ruhig in der Klasse.

»Wer?«, will Niklas wissen.

»Frau Schönerscheidt«, erwidert Annabelle. »Sie hat die Schule verlassen. Die Zeugnisse werden nämlich von Frau Tiffert ausgeteilt.«

»Oh nein!«, stöhnt Blümchen auf.

Klar! Jetzt wird sie ihr Handy womöglich nie mehr zurückbekommen.

»Ich glaub 's nicht«, knarzt Ole, und abermals herrscht für ein paar Atemzüge ungläubiges Schweigen.

Dann wirft Bent ganz unvermittelt seine Arme in die Luft.

»Jappadappaduuu!«, johlt er. »Wir sind die alte Schachtel los!«

»Ihr sind wohl die Unterhosen ausgegangen«, feixt Jannik, und wieder fängt die halbe Klasse an zu lachen.

»Das ist nicht witzig!«, rufe ich und schieße von meinem Stuhl hoch.

»Es ist sogar ziemlich unfair. Frau Schönerscheidt kann sich ja nicht mal verteidigen.«

»Frau Schönerscheidt ist Lehrerin«, brummt Jannik. »Die verteidigt sich, indem sie miese Noten verteilt.«

»Das ist doch Quatsch«, entgegnet Blümchen.

»Ist es nicht«, widerspricht Niklas. »Und das weißt du auch.«

»Außerdem hast *du* mit allem angefangen«, schließt Bent sich an und richtet seinen Finger auf mich.

»Stimmt«, gebe ich zu. »Und eigentlich wollte ich mich heute bei Frau Schönerscheidt entschuldigen.« Unter lauten Protestrufen einiger Jungs drehe ich mich zu Annabelle um. »Was ist denn mit ihr?«, frage ich ehrlich besorgt.

»Das geht dich 'n feuchten Furz an«, blökt Kristina und verpasst Annabelle einen Hieb gegen die Schulter. »Wehe, du sags was!«

»Sie hat sich das Schlüsselbein gebrochen«, platzt es aus Marie heraus.

Schnell rutscht sie mit ihrem Stuhl zur Seite, damit Kristina ihr keine scheuern kann.

»Halt doch ma die Klappe!«, pflaumt diese ihre Freundin an.

»Das tut mir leid«, sage ich und meine es auch so.

»Mir nicht«, brummt Bent. »Außerdem ist das ja wohl kein Grund, die Schule zu verlassen.«

»Sei doch froh, dass sie weg ist«, gibt Björn-Dakota zurück.

»Ja, ja!«, ätzt Kristina. »Gönn dir!«

BD kreuzt die Arme vor der Brust und wirft ihr einen gepfefferten Blick zu. »Tu ich auch!«

»Also, ich finde es nicht in Ordnung, wie ihr über eure Klassenlehrerin sprecht«, ertönt Mister Ungerechts Stimme.

Augenblicklich fliegen sämtliche Blicke nach vorn. Nur Blümchen und ich haben natürlich sofort geschnallt, dass dieser Kommentar von Yassi gekommen ist, die sich nun langsam erhebt.

Ihre dicken dunklen Locken, die sie im Nacken zu einem Zopf zusammengebunden hat, glänzen im Sonnenlicht.

»Ich wünschte, ihr würdet jeden so fair behandeln wie mich heute«, sagt sie jetzt beinahe schüchtern.

»Das ist doch was vollkommen anderes!«, knarzt Ole. »Du bist cool!«

»Genau!«, bekräftigt Jannik, und wieder bollern alle Jungen wie die Bekloppten mit den Fäusten auf den Tischen herum.

»Ruhe!«, brüllt Blümchen, und erstaunlicherweise hören die Jungen tatsächlich sofort mit der Lärmerei auf.

»Wow!« Lena, unsere Klassensprecherin, reckt anerkennend ihren Daumen in die Höhe. »Verrätst du mir den Trick?«

Alle Mädchen (mit Ausnahme der Pissnelken) lachen.

»Wieso hast du's überhaupt getan?«, wendet Lena sich jetzt an Yassi.

»Das würde mich auch interessieren«, sagt Ann-Kathrin. »Ich meine, natürlich nur, wenn du es erzählen willst.«

Yassi nickt kaum merklich.

»Ich dachte, ein Kopftuch zu tragen, würde mir ein paar Dinge erleichtern«, erwidert sie. »In Wirklichkeit macht es aber vieles schwerer. Zumindest für mich.«

Björn-Dakota sieht Yassi unverwandt an und der Blick aus seinen dunklen mandelförmigen Augen wirkt fast ein bisschen verträumt.

»Bist du jetzt keine Muslima mehr?«, erkundigt er sich.

»Doch, natürlich«, gibt Yassi lächelnd zurück. »Das Kopftuch hat ja nicht nur damit zu tun, wie ich zu meinem Glauben stehe. Meine ältere Schwester Busra zum Beispiel hat noch nie eins getragen. Meine Eltern finden das in Ordnung. Es gibt aber auch ein paar Familienmitglieder, die nicht so gut damit klarkommen.«

»Akin!«, ruft Jannik. »Der ist doch dein Cousin.«

»Das stimmt«, bestätigt Yassi. »Ich habe allerdings nicht gerade wahnsinnig viel mit ihm zu tun.«

»Hahaha, das wüsst ich aber«, tönt Niklas. »Der rennt dir doch in jeder Pause mit seinem Clan hinterher und passt auf, dass du mit keinem Typen quatschst.«

»Das ist nicht wahr«, erwidert Yassi. »Erstens sind Akin, Fuat und Tarik kein Clan, sondern nur sehr gut befreundet. Zweitens rede ich, mit wem ich will, und drittens ist es doch gut, wenn man weiß, dass man im Notfall nicht allein dasteht.«

»Im Notfall!« Kristina klatscht sich mit der Hand gegen die Stirn. »Was 'n für 'n Notfall? Dich fässt doch sowieso keiner an.«

»Da wär ich mir nicht sicher«, sagt Björn-Dakota zu seiner Tischplatte. »Natürlich nicht bösartig oder so«, beeilt er sich hinzuzufügen, und ein dunkles Rot wandert von seinen Kieferknochen bis zu seinen Schläfen hinauf.

»Klar, jetzt, wo sie kein Kopftuch mehr trägt«, bringt Bent es auf den Punkt, »und man noch besser sehen kann, wie hübsch Yasemin ist.«

»Das ist ja eine interessante Diskussion, die ihr da führt«, ertönt erneut Herrn Unwechts Stimme, und diesmal ist es unser Mathelehrer höchstpersönlich, der zu unserer Überraschung mit übereinandergeschlagenen Beinen auf seinem Stuhl hinter dem Lehrertisch sitzt.

»Boah, wie fies!«, ruft BD entrüstet. »Sie haben sich einfach reingeschlichen. Und jetzt belauschen Sie uns bei unseren persönlichen Gesprächen.«

»Da muss ich aber vehement widersprechen.« Mister Ungerecht erhebt sich und lässt sich dann auf einer Ecke seines Tisches nieder. »Ich habe den Raum nicht anders betreten als sonst. Ihr habt mich nur nicht bemerkt.«

»Doch, ich!«, blökt Kristina. »Ich hab bloß nix gesagt.«

»Logisch, du bist ja auch keine Petze«, kommentiert Björn-Dakota.

»Nie gewesen«, bestätigt Lena heftig nickend.

»Ebent«, sagt Kristina und guckt triumphierend in die Runde.

»Wie auch immer«, sagt Herr Unwecht. »Ich finde, dieses Thema geht uns alle an. Und wenn ich ehrlich bin, halte ich es in gewisser Hinsicht sogar für wichtiger als Mathematik.«

Die aufbrandende Welle der Begeisterung lässt er ohne Widerstand über sich ergehen und fügt dann in seiner trockenen Art hinzu:

»Sofern man die Grundrechenarten beherrscht und in der Lage ist, ein Stück Leberwurst zu kaufen, ohne dabei über den Tisch gezogen zu werden.«

»Kann ich!«, meldet sich schon wieder Kristina vorlaut zu Wort. »Leberwurst is ja nich teuer. Außerdem mag ich die sowieso nich. Die is nämlich voll eklig. Ich kauf mir lieber Lipgloss-Sticks und so.«

»Jeder nach seinem Geschmack«, meint Herr Unwecht achselzuckend. »Und wenn du davon satt wirst ...«

»Ey, Mann!« Kristina kriegt sich nicht mehr ein vor Lachen. »Ich ess die doch nich!« Sie beschreibt mit dem

Finger kleine Kreise vor ihrer Stirn und schaut sich dabei Beifall heischend um. »Männer haben echt keine Ahnung.«

»Zumindest nicht von den wichtigen Dingen des Lebens, scheint mir«, bestätigt Mister Ungerecht und klatscht in die Hände. »So, meine Herrschaften, und jetzt widmen wir uns mal den Hausaufgaben!«

Er geht zur Tafel hinüber und nimmt ein Stück Kreide aus der Ablage. »Wer möchte die erste Aufgabe vorrechnen?«

»Aber wir haben Ferien!«, protestiert Jannik.

»Tatsächlich?« Herr Unwecht kräuselt die Lippen. »Und warum bist du dann hier, wenn ich fragen darf?«

Björn-Dakota verdreht stöhnend die Augen.

»Doch nicht heute. Nächste Woche.«

»Na, da bin ich ja beruhigt«, meint unser Mathelehrer grinsend und bittet Marie nach vorn.

»Steht meine Note schon fest?«, erkundigt sie sich.

»Sicher.« Herr Unwecht schenkt ihr ein Lächeln. »Soweit ich weiß, sind eure Zeugnisse bereits gedruckt.«

»Okay.« Marie verschränkt die Arme und lehnt sich zurück. »Dann will ich nicht. Und in der Achten kriegen wir ja sowieso jemand anders.«

»Aha, Arbeitsverweigerung«, stellt Herr Unwecht nüchtern fest. »Nun, dann werde ich für meinen Nachfolger mal eine kleine Notiz hinterlassen«, sagt er und greift nach seiner Notenkladde.

Blümchen kneift mich in den Unterarm, Yassi verzieht den rechten Mundwinkel und auch ich kann mir ein Grinsen kaum verkneifen. Selbst wenn es zugegebenermaßen gemein ist, finde ich es in diesem Fall ausnahmsweise total in Ordnung, dass Mister Ungerecht seinem Namen alle Ehre erweist.

Spuk bei Oma Brille

»Ich hätte nie gedacht, dass du das wirklich machst«, sage ich zu Yassi, als wir Blümchen nach Unterrichtsschluss zum Fahrradunterstand begleiten.

»Ehrlich gesagt, wollte ich es zuerst auch gar nicht«, erwidert sie. »Aber ich musste es einfach tun. Busra zuliebe.«

»Bereust du es denn?«, will Blümchen wissen.

Yassi schüttelt den Kopf.

»Es ist ein seltsames Gefühl. Alle starren mich an … und Bent …« Sie gerät ins Stocken und ihre Wangen färben sich zartrosa. »Na ja, aber irgendwie ist es auch schön«, setzt sie hinzu. »Genau wie Busra gesagt hat.«

»Dann hat sie dich also dazu überredet?«, hake ich nach.

»Nein.« Wieder schüttelt Yassi den Kopf. »Ich habe es allein entschieden.« Sie holt tief Luft, schließt kurz die Augen und beginnt zu erzählen: »Yenge Hatice war gestern Abend bei uns. Sie hat geschimpft und geflucht, dass Busra Schande über die ganze Familie bringen würde, und dass man sie ausstoßen müsse, wenn sie sich nicht besinnt.«

»Waaas?« Blümchen verschluckt sich fast vor Empörung. »Wie altertümlich ist das denn!«

»Es hängt mit unserem Glauben zusammen«, gibt Yassi entschuldigend zurück.

»Das weiß ich doch«, erwidert Blümchen ungeduldig. »Aber es sind ja nicht alle so.«

»Für meine Tante ist die Familienehre nun mal total wichtig, und meine Mutter hat nicht gerne Streit mit ihr. Sie braucht ihre Hilfe bei uns im Imbiss. Außerdem ist Yenge Hatice die Frau von Onkel Ilay, Mamas jüngerem Bruder«, erklärt Yassi. »Meine Mutter fühlt sich für ihre Schwägerin verantwortlich. Es ist ein bisschen so wie bei Busra und mir, nur, dass Mama und Yenge Hatice keine Schwestern sind. Aber in der Familie gehören eben alle zusammen.«

Oh, ich glaube, ich verstehe!

»Und diesmal bist *du* Busra zur Seite gesprungen, stimmt's?«

»Hmh.«

Yassi senkt den Blick, und ich bemerke, dass ihre Unterlippe heftig zu zittern anfängt.

Sanft umfasse ich ihr Handgelenk.

»Das war total mutig von dir«, sage ich leise, und plötzlich habe ich einen richtig dicken Kloß im Hals.

»Finde ich auch«, pflichtet Blümchen mir bei.

»Ach, das hatte doch mit Mut überhaupt nichts zu tun«, presst Yassi hervor. »Ich war so wütend ... Ich habe sogar ganz schreckliche Dinge gesagt. Und trotzdem hat Mama zu mir gehalten.«

Ein tiefer Schluchzer erschüttert ihren Körper. Dann fährt sie sich mit dem Handrücken über die Augen und beißt so fest in ihre zitternde Unterlippe, dass ein Blutstropfen hervortritt.

»Mensch, Yassi«, sage ich erschrocken und versuche, sie in den Arm zu nehmen, aber sie macht sofort eine abwehrende Geste und weicht hastig einen Schritt zurück.

»Ich kann jetzt nicht darüber reden, okay?«, stammelt sie.

»Na klar«, erwidere ich, und auch Blümchen nickt.

Sie öffnet den Mund, doch bevor sie etwas sagen kann, hat Yassi sich bereits abgewendet und rennt davon.

Blümchen und ich schauen ihr bestürzt hinterher.

Das »Jetzt warte doch mal!«, das meine Zungenspitze kitzelt, schlucke ich energisch hinunter. Yassi kann schließlich nicht ahnen, dass ich heute wieder nach Wittenfeld hinausfahren werde, wir also den gleichen Heimweg haben. Abgesehen davon will sie jetzt wahrscheinlich ohnehin lieber allein sein.

»Mann, dieses ständige Weggerenne geht mir so was von auf den Keks!«, knurrt Blümchen. »Dass Yassi sich aber auch nie helfen lässt!«

»Du doch auch nicht«, rutscht es mir heraus, und nicht mal den Bruchteil einer Sekunde später ist mir klar, dass mir das besser nicht passiert wäre.

Blümchens Augenbrauen wellen sich vor Zorn.

»Bei manchen Sachen kann einem eben kein anderer helfen«, pflaumt sie mich an.

»Ja, ich weiß«, lenke ich ein. »Yassi wird sich schon wieder beruhigen. Und dann erzählt sie uns auch, was bei ihr zu Hause los war.«

»Hoffentlich«, sagt Blümchen. »Wozu hat man denn Freundinnen!«

Eben, denke ich bei mir, verkneife mir diesmal aber wohlweislich die Bemerkung, dass für sie selbst offenbar andere Regeln gelten.

»Wir sollten in den Ferien was Cooles zusammen unternehmen«, schlage ich vor. »Nur wir drei ... Das wär doch was!«

Blümchen zuckt mit den Schultern.

»Wenn Yassi mitspielt ...«, murmelt sie, und plötzlich hellt sich ihre Miene auf. »... hätte ich da auch bereits eine Idee ...«, sagt sie und hebt ihr Rad aus dem Ständer. »Davon wollte ich dir eigentlich heute Morgen schon erzählen.«

»Du meinst, gestern Abend«, betone ich, »als du so plötzlich aufhören musstest, mit mir zu telefonieren.«

»Stimmt«, gibt Blümchen zu. »Allerdings musste ich wirklich aufhören. Meine Mutter stand nämlich mit dem Telefonteil von Papas Arbeitszimmer in der Tür. Du weißt ja, darauf werden alle Anrufe umgeleitet, wenn der Hauptanschluss besetzt ist.«

»Oh, lass mich raten, wer dran war! ... Jakob?«

»Bingo.« Blümchen zieht eine Grimasse. »Er kapiert einfach nicht, dass es aus ist.«

»Du meinst, nie angefangen hat?«

»Genau!«

»Aber dann mag er dich doch!«

»Ja und?« Blümchen schüttelt genervt den Kopf. »Darum geht es nicht.«

»Sondern?«

»Das habe ich dir bereits erklärt!«

»Oh, weil du nicht weißt, ob du ihn genug magst«, sage ich schnell, bevor sie mir vorwirft, ich würde nicht richtig zuhören oder sie sowieso nicht verstehen.

»Weil ich nicht weiß, ob ich ihn *überhaupt* mag«, korrigiert sie mich. »Also *so* mag.«

Schon klar. Ich finde allerdings nicht, dass sie sich verhält, als ob sie Jakob nicht *so* mögen würde. Im Gegenteil: Ich glaube sogar, dass er ununterbrochen in ihrem Kopf herumschwirrt. Aber auch das äußere ich lieber nicht.

»Es war nicht leicht, meiner Mutter klarzumachen, dass ich nicht mit ihm sprechen will«, fährt Blümchen fort. »Na ja, vermutlich sind ihr seine Anrufe ebenso auf den Geist gegangen wie mir, und sie hatte keine Lust mehr, ihm dauernd irgendwelche Märchen zu erzählen. Dass ich schlafen würde, Hausaufgaben mache oder bei dir wäre.«

»Was für ein Glück, dass sie ihm nicht meine Telefonnummer verraten hat«, gebe ich scherzend zurück.

»In dem Fall hätte ich sie ermordet«, erwidert Blümchen mit steinharter Miene. »Und jetzt komm. Ich bringe dich noch zur U-Bahn und unterwegs erzähle ich dir dann von meiner Idee.«

Und die ist, wie ich zehn Minuten später endlich erfahre, wirklich ziemlich gut.

Auf dem Weg zu Oma Brille, bei der Mama mich gestern Abend noch rasch für heute zum Mittagessen angekündigt hat, gehe ich langsam, aber in gebührendem Sicherheitsabstand an Celiks Bio-Imbiss vorbei.

Wie meistens um die Mittagszeit ist dort richtig viel los. Fast alle Tische sind besetzt und vor dem Glastresen hat sich eine lange Schlange gebildet. Dahinter stehen Yassis Vater und ihre Tante Hatice, die wie immer in ein weites fließendes Kleid und ein Kopftuch gehüllt ist. Yassis Mutter läuft mit einem Tablett voller Teegläser von Tisch zu Tisch.

Yassi oder Busra entdecke ich nicht, was aber nichts heißen muss. Bei dem Gedränge dort drinnen könnte ich sie nämlich sehr leicht übersehen haben. Auf den ersten Blick scheint alles ganz in Ordnung zu sein. Nach Familienstreit wirkt das Ganze zumindest nicht, und das beruhigt mich ein wenig.

Zügig laufe ich weiter bis zum Ende der Einkaufszone und die Rosenstraße entlang.

Schon von Weitem erkenne ich Tante Elfriede, Herrn Cornils und Oma Brille, die vor dem Haus auf dem Bürgersteig auf und ab tigern und aufgeregt gestikulieren.

Augenblicklich rutscht mir das Herz in die Hose. Hoffentlich ist nichts mit Herrn Semmelfein, denke ich, stoppe kurz und gehe dann umso schneller weiter.

»Was ist los?«, rufe ich, noch ehe ich bei den dreien angekommen bin. »Warum steht ihr hier draußen auf der Straße rum?«

»Ach, Lilly, mein Engelchen!«

Oma Brille breitet ihre Arme aus und ich stürze mitten hinein.

»Ist Herr Semmelfein etwa schon ... gestorben?«, frage ich mit wackeliger Stimme.

»Nein, nein, keine Sorge«, erwidert meine Großmutter lachend. »Der alte Casanova fühlt sich genauso fit wie gestern.« Sie drückt mich richtig fest an sich, was sie schon ewig nicht mehr getan hat. Ich spüre das Gestell ihrer Zebramuster-Brille an meiner Schläfe und ihre kurzen grauen Haare kitzeln mich am Ohr. »Am liebsten würde er sich gleich wieder zu einem Rendezvous mit seiner Angebeteten treffen.« So stürmisch, wie sie mich umarmt hat, so energisch löst sie sich jetzt wieder von mir. »Ich habe alle Mühe, ihn im Garten zu halten, und kann nur hoffen, dass ihn niemand versehentlich entwischen lässt«, fügt sie mit einem vielsagenden Seitenblick auf Tante Elfriede hinzu. »Im Moment liegt er auf seinem Lieblingsplatz unter dem Apfelbaum und schläft tief und fest.«

»Okay«, beginne ich noch mal von vorn. »Und wieso ...?«

»Es spukt«, sagt Oma Brille, ehe ich meine Frage zu Ende formuliert habe.

»Wie?« Irritiert sehe ich sie an. »Wo?«

»Im Haus«, erwidert Tante Elfriede und deutet auf die weit geöffnete Eingangstür. »Hörst du es nicht?«

Aus dem Haus erklingt eine fürchterliche Schnulzenmusik und jemand singt: *»Träum in meinen Armen ...«*

»Solche Platten besitze ich nicht«, erklärt Oma Brille geradezu empört.

»Damit keine Missverständnisse aufkommen: Auch ich ziehe die musikalischen Künste der Kastelruther Spatzen diesem Gesülze vor«, erklärt Herr Cornils.

»... lass mich deine Sehnsucht spür'n ...«

Tante Elfriede wiegt sich im Takt des Refrains und ihr Blick verklärt sich.

»Also, ich finde diesen Song eigentlich ganz schön.«

»Das ist Andy Borg!«, poltert Herr Cornils, und es hört sich in etwa so an, als würde er sagen: Das ist der Sparkassendieb oder der Axtmörder. »Diesen Lackaffen konnte ich noch nie leiden.«

»Ach, nach allem, was man so über ihn liest, scheint er ein ganz sympathischer Mensch zu sein«, gibt meine Großmutter zurück. »Nur die Musik und der Gesang ...

Aber gut«, lenkt sie ein. »Über Geschmack lässt sich ja bekanntlich streiten.«

»Und wem gehört jetzt diese CD?«, frage ich und tippe insgeheim auf meine Großtante, doch Oma Brille sagt:

»Niemandem! Keiner von uns weiß, von wem sie ist, geschweige denn, wer sie aufgelegt hat.«

Verdattert schaue ich zwischen den drei Erwachsenen hin und her. Mein erster Gedanke ist, dass sie mich auf den Arm nehmen wollen, aber dafür sind sie sich untereinander einfach zu spinnefeind. Und schon kommt mir eine andere Idee.

»Vielleicht ist die CD noch von Opa Herman!«

»Also, das wüsste ich ja wohl«, erwidert meine Großmutter, und auch Tante Elfriede schüttelt sofort den Kopf.

»Mein Bruder hat immer nur dieses fürchterliche Free Style gehört.«

»Du meinst Free Jazz«, entgegnet Oma Brille. »Eine sehr anspruchsvolle Musikrichtung übrigens.«

»Nichts gegen die Kastelruther Spatzen«, beharrt Herr Cornils.

»Träum in meinen Armen und lass mich deine Sehnsucht spür'n«, wiederholt dieser komische Andy Borg seinen Refrain, und nun stimmt ein durchdringendes Geheul in seinen Gesang mit ein.

»Oh, mein Gott, die arme Henriette!«, ruft Tante Elfriede. »Jemand müsste sie retten«, murmelt sie und hält ihren Blick dabei hoffnungsvoll auf Herrn Cornils gerichtet.

»Also, ich setze keinen Fuß in dieses Haus«, stellt Oma Brilles Nachbar klar. »Nicht solange dieser Lackaffe sein Geplärre zum Besten gibt.«

»Sie mögen doch sowieso keine Hunde«, brumme ich und steuere entschlossen auf die Eingangstür zu.

An Gespenster habe ich noch nie geglaubt. Schon gar nicht an solche, die am helllichten Tag herumspuken. Bestimmt gibt es für dieses Andy-Borg-Gedudel eine ganz einfache Erklärung.

»Lilly, bleib hier!«, ruft Oma Brille erschrocken und versucht, mich am Arm zurückzuhalten. »Deine Eltern werden es mir nie verzeihen, wenn dir in meinem Haus etwas zustößt.«

»Ach Quatsch«, sage ich unwillig. »Was soll mir denn passieren? Und selbst wenn es hier einen Geist gibt ... Er wird mich schon nicht fressen.«

Trotzdem schlägt mein Herz ein paar Takte schneller, als ich über die Schwelle in die Diele trete und auf das Wohnzimmer zusteuere.

Andy Borg hat inzwischen ein neues Lied angestimmt und besingt nun eine Marijana, die sein Geschnulze offenbar nicht mehr mit anhören konnte und es vorzog, ihn zu verlassen.

Henriette von Ahlen sitzt vor einem der Lautsprecher, reckt ihre Schnauze in die Höhe und leidet jaulend mit dem Sänger um die Wette.

Ich vergewissere mich, dass sich sonst niemand im Raum befindet, schalte die Anlage aus und nehme die CD aus dem Fach.

Henriette von Ahlen verstummt auf der Stelle und pinschert nun schwanzwedelnd um mich herum.

Auf dem Player liegt eine leere Hülle. Darauf ist der Kopf eines schmalzigen grauhaarigen Typen abgebildet.

Andy Borg, San Amore, das Album 2014, lese ich. Die CD kann also unmöglich von meinem Opa Herman stammen.

»Und?«, lässt mich die ängstliche Stimme meiner Großmutter zusammenfahren. »Ist alles in Ordnung?«

»Ja«, stöhne ich. »Wenn man davon absieht, dass du mich gerade tierisch erschreckt hast.« Ich stecke die CD in die Hülle und halte sie ihr entgegen. »Ist das deine?«

»Natürlich nicht!« Oma Brille greift nach der CD und begutachtet sie stirnrunzelnd. »Du weißt doch selber, dass ich ganz andere Musik bevorzuge.«

Na ja, wie man's nimmt. Opa Hermans Vorlieben scheint sie jedenfalls nicht geteilt zu haben. Im Grunde hört sie das Gleiche wie diese Andy-Borg-Schlager, bloß auf Italienisch.

»Dann kann sie ja nur von Tante Elfriede sein«, schlussfolgere ich.

»Engelchen, ich bitte dich!« Oma Brille gibt mir die CD zurück und ich lege sie wieder auf die Anlage. »Es passt überhaupt nicht zu ihr, einen solchen Geister-Schnickschnack zu veranstalten.«

»Oh«, sage ich. »Glaubst du etwa daran?«

»Ja, also ...«, plustert meine Großmutter sich auf, »ich lebe nun schon seit vielen Jahren in diesem Haus und es hat nie irgendwelche unerklärlichen Vorkommnisse gegeben, aber ...«

»Ist etwa noch etwas passiert?«, unterbreche ich sie.

»Nein«, entgegnet sie. »Außer ...«

»Was?«

»Ach, Lilly, das ist nun wirklich nicht der Rede wert.«

Henriette von Ahlen guckt aufmerksam zwischen Oma Brille und mir hin und her.

»Oma! Jetzt erzähl schon!«, fordere ich sie auf.

Meine Großmutter sieht mich durchdringend an, so als ob sie sich davon überzeugen müsste, dass ich ein lebendiger Mensch aus Fleisch und Blut bin und kein Gespenst.

»Also ... gestern Abend ...«, beginnt sie.

»Ja?«, helfe ich ihr auf die Sprünge. »Was war da los?«

Sie kneift die Augen zusammen und hält mir warnend den Zeigefinger unter die Nase.

»Aber kein Wort zu deiner Mutter!«

»Garantiert nicht«, schwöre ich, dabei kann ich das eigentlich gar nicht versprechen. Zumindest nicht, solange ich nicht sicher weiß, was sich hier abgespielt hat.

Oma Brille nickt.

»Es muss schon nach zehn gewesen sein«, sagt sie

mehr zu sich selbst. »Wahrscheinlich sogar fast elf. Jedenfalls war es bereits dunkel draußen, als ich Herrn Semmelfein noch einmal zum Pieseln in den Garten hinausgelassen habe«, fügt sie etwas deutlicher hinzu.

»Okay … und?«, hake ich nach, als meine Großmutter keine Anstalten macht, weiterzusprechen.

»Na ja«, meint sie nach einer Weile intensiven Nachdenkens. »Als er zehn Minuten später noch nicht wieder drinnen war, bin ich auf die Terrasse hinausgegangen, um nach ihm zu sehen. Ich war gerade im Begriff, meine Taschenlampe einzuschalten, da flackert hinter den Hortensien im Beet vor den Kellerfenstern ein Licht auf.«

»Oh, du denkst, es war jemand dort unten! Vielleicht Tante Elfriede?«

Meine Großmutter winkt ab. »Ach, die war doch längst zu Bett gegangen. Außerdem: Was hätte sie für einen Grund gehabt, das Licht in Abständen von wenigen Sekunden mehrmals ein- und auszuschalten?«

»Vielleicht wollte sie dir Angst einjagen«, platzt es aus mir heraus.

Oma Brille mustert mich skeptisch.

»Du glaubst also, Elfriede hat sich heimlich in den Keller hinuntergeschlichen und Gespenst gespielt?«

Ich nicke eifrig. In der Tat scheint mir das eine ziemlich gute Erklärung zu sein.

»Aber warum sollte sie mir Angst machen wollen?«, gibt meine Großmutter zurück.

Ich zucke mit den Schultern. »Um dich zum Ausziehen zu bewegen?«

»Wie bitte?« Oma Brille schüttelt entrüstet den Kopf. »Ich soll mein eigenes Haus aufgeben und mich irgendwo anders einmieten?«

»Genau das könnte ihr Plan sein«, bestätige ich.

Exakt ausgedrückt: ein Teil der *großen Pläne*, die sie und Herr Cornils miteinander aushecken. Völlig abwegig finde ich das jedenfalls nicht.

»Aber ...«, will Oma Brille mir widersprechen. Doch sie bricht ab und schürzt grübelnd die Lippen, während ihr Blick auf die Musikanlage fällt.

»Wo bist du gewesen, als Andy Borg losdudelte?«, frage ich.

»Na, in der Küche«, antwortet sie sofort. »Ich hatte gerade angefangen, die Möhren zu waschen ...«

»Und Tante Elfriede?«, unterbreche ich sie. »Wo war die?«

»Oben in ihrem Zimmer.«

»Bist du ganz sicher?«

»Aber natürlich«, sagt Oma Brille. Sie sieht mich an, als hätte sie vor, mich zum Teufel zu schicken, sollte ich an ihren Worten zweifeln. »Ich habe die Möhren Möhren sein lassen, mir die Hände abgetrocknet und bin ins Wohnzimmer hinübergegangen, um deine Großtante höflich zu fragen, wie sie dazu käme, eine Platte in meine Anlage zu legen, ohne mich um mein Einverständnis zu bitten.«

»Was du ihr bestimmt verwehrt hättest«, merke ich an.

»Selbstverständlich!«, schnaubt sie. »Schließlich sind es meine Ohren, die dadurch in Mitleidenschaft gezogen werden. Im Wohnzimmer war allerdings niemand«, setzt sie hinzu. »Also bin ich wieder in den Flur zurückgegangen und habe nach Elfriede gerufen. Es hat allerdings eine ganze Weile gedauert, bis sie sich bequemt hat, herunterzukommen.«

»Hm«, mache ich und sehe in den Garten hinaus. »War die Terrassentür auf oder zu?«

»Was für eine Frage, mein Kind ... Bei diesem Wetter!«

Also stand sie offen. Und das lässt in der Tat nur einen Schluss zu:

»Tante Elfriede macht mit Herrn Cornils gemeinsame Sache! Sie wollen dich aus deinem Haus vertreiben.«

»Nein, nein, nein.« Oma Brille schüttelt energisch den Kopf. »Ich halte ja vieles für möglich, aber das kann ich mir beim besten Willen nicht vorstellen.«

Ich dafür umso mehr. Die Frage ist bloß, wie ich den beiden am besten auf die Schliche komme. Hoffentlich weiß meine Wundersprüchebox in diesem Fall Rat!

Ein Date und ein Plan

Um Viertel vor vier verabschiede ich mich von Oma Brille, Brotbäckchen und Herrn Semmelfein und mache mich auf den Weg zum Einkaufszentrum. Nach dem Treffen mit Luis will ich heimfahren und hoffe, dass auch Jackie dort bald wieder auftaucht. Oma Brille habe ich besser gar nichts von ihrem Verschwinden erzählt. Meine Großmutter hat schon genug um die Ohren und so haben wir fast nur über den Spuk in ihrem Haus und Herrn Semmelfein geredet.

»Er hatte ein wunderschönes Leben, und er weiß ja nicht, wie es jetzt um ihn bestellt ist«, hat Oma Brille gemeint, und das ist auch für mich ein echter Trost. »Wenn er nicht mehr bei uns ist, werde ich sehr traurig sein und gleichzeitig dankbar, dass er mir so viel Freude gemacht hat.«

»Wirst du dir denn irgendwann wieder einen Hund anschaffen?«, habe ich sie vorsichtig gefragt.

»Nun, mein Engelchen, man kann nie wissen, wie die Dinge sich fügen«, hat sie mit einem geheimnisvollen Lächeln geantwortet. »Noch ist Herr Semmelfein ja wohlauf und soll seinen Spaß haben.«

Und dann hat sie ihn an die Leine genommen und mich ein Stück die Rosenstraße entlang begleitet. »Wir zwei Hübschen haben nämlich auch eine Verabredung.«

»Ach ja?« Ich habe mir ein Grinsen nicht verkneifen können. »Etwa im Veilchenweg?«

»Das könnte hinkommen«, hat Oma Brille gesagt und mir einen Kuss auf die Schläfe gedrückt. »Und jetzt ist Schluss mit der Fragerei. Ich löchere dich schließlich auch nicht wegen deines Dates.«

Ich hab kein Date, wollte ich erwidern, habe es jedoch lieber gelassen. Oma Brille merkt nämlich meistens sofort, wenn man sie anlügt. Und in gewisser Weise ist mein Treffen mit Luis ja ein Date. Zumindest glaube ich, dass er es so sieht – und im Moment weiß ich echt nicht, ob ich mich darüber freuen oder ärgern soll.

Kurz bevor ich das Einkaufszentrum erreiche, drehe ich mich noch einmal um, aber von Oma Brille und Herrn Semmelfein ist nichts mehr zu sehen.

Also laufe ich weiter und knapp fünf Minuten später stehe ich vor *Häagen-Dazs*. Inzwischen ist es zwei Minuten nach vier. Die Tische unter den großen Marktschirmen sind alle besetzt und die Luft summt geradezu vor fröhlichen Stimmen und Geschirrgeklapper.

Unauffällig lasse ich meinen Blick über die Leute gleiten. Niemand kommt mir bekannt vor – und Luis entdecke ich auch nicht. Wahrscheinlich sitzt er drinnen und hat mich durch die große Fensterscheibe längst ins Visier genommen.

Okay, Lilly, trichtere ich mir ein. Jetzt bloß nicht nervös werden! Dafür gibt es erstens nicht den geringsten Grund, und zweitens würde ich nur falsche Signale aussenden, die womöglich zu Missverständnissen und neuem Ärger führen.

Ich zurre meinen Rucksack etwas fester über meine Schulter, lasse eine Kellnerin mit einem Tablett voller riesiger Eisbecher vorbei und steuere möglichst lässig auf den Eingang zu. Doch mit jedem Schritt klopft mein blödes Herz ein bisschen schneller. Ich versuche, dagegen anzuatmen – leider bringt das überhaupt nichts. Im Gegenteil: Je heftiger ich atme, desto mehr Blut wird in meinen Kopf gepumpt. Irgendwas mache ich falsch, aber bedauerlicherweise ist die Strecke bis zur Tür zu kurz, um etwas daran ändern zu können.

Noch drei Schritte und ich befinde mich in der Eisdiele – und dann stockt mir der Atem auf einen Schlag.

Luis sitzt ziemlich weit vorn. Vor ihm auf dem Tisch steht eine Coke und er ist nicht allein.

Wie die Prinzessin von Ich-bin-die-Schönste-im-ganzen-Land thront Pissnelken-Annabelle neben ihm und frisst ihn fast auf mit ihrem Blick.

Innerhalb von Sekundenbruchteilen wirbele ich herum und renne beinahe die Kellnerin über den Haufen, die gerade mit ihrem Tablett voller leerer Eisschalen und Kaffeetassen durch die Tür tritt.

Im letzten Moment schaffe ich es, ihr auszuweichen,

stürze wie vom wilden Affen gebissen nach draußen und ohne nachzudenken auf Celiks Bio-Imbiss zu.

Als dann plötzlich Yassi vor mir steht, komme ich allmählich wieder zur Besinnung.

»Lilly! Was tust du denn hier?«, ruft sie erstaunt.

»Pssst!«, mache ich, und erst als Yassi mich fragt, was los ist, wird mir klar, wie idiotisch ich mich gerade benehme.

»Luis und Annabelle«, presse ich hervor.

»Wo?«

»Gegenüber im *Häagen-Dazs*«, zische ich und ziehe sie am T-Shirt ein Stück weiter, bis ich einigermaßen sicher bin, dass die beiden uns von ihrem Tisch im Eiscafé aus nicht mehr sehen können.

»Komisch.« Yassi schüttelt den Kopf. »Woher kennen die sich?«

Das wüsste ich ebenso gerne, denke ich achselzuckend.

»Jedenfalls hoffe ich, dass sie mich nicht bemerkt haben.«

»Na, sooo schlimm wäre das ja nun nicht«, findet Yassi.

Klar, sie hat ja auch keine Ahnung, dass eigentlich ich mit Luis verabredet bin. Und ich werde einen Teufel tun, es ihr zu sagen. Nach dem aktuellen Stand der Dinge sowieso nicht.

»Was wolltest du denn überhaupt dort?«, erkundigt sie sich weiter.

»Mir ein Eis holen, natürlich.«

»Bei *Häagen-Dazs*?«, wundert sie sich.

»Oma Brille hat's mir spendiert«, schwindele ich.

»Aha.« Yassi nickt. »Gibt es einen Grund dafür, dass du heute schon wieder bei ihr bist?«

»Ja«, sage ich, und obwohl ich eigentlich nicht gerne daran erinnert werde, bin ich froh, das Thema wechseln zu können. »Herr Semmelfein ist sehr krank.«

Und während Yassi und ich langsam weitergehen und uns von *Häagen-Dazs* entfernen, erzähle ich ihr alles, was gestern passiert ist, angefangen bei der Jungs-Rankingliste der Pissnelken über die Suche nach Herrn Semmelfein und Oma Brille und Tante Elfriedes peinlichen Kaffeeklatsch im Vorgarten bis zu Jackies Verschwinden. Dass Malte seinen Schlüssel inzwischen zurückbekommen hat und er und Luis mir bei der Suche nach dem Border-Collie geholfen haben, erwähne ich nur am Rande.

»Mannomann, da war aber ganz schön was los bei dir«, sagt Yassi. »Da ist mein Familientheater ja beinahe nichts dagegen.«

»Gar nicht wahr«, widerspreche ich. »Richtig gut läuft es gerade bei uns beiden nicht.«

»Na ja ...« Yassi sieht mich von der Seite an und grinst verschmitzt. »Eigentlich stimmt auch das nicht so ganz. Busra hat nämlich alles absolut richtig gemacht.«

»Heißt das, du freust dich jetzt auf einmal, dass sie ausgezogen ist?«

»Nein und ja«, erwidert Yassi. »Ach, Lilly, ich hätte niemals gedacht, dass ich meine Meinung so schnell ändern würde. Aber meine Schwester hat es hingekriegt, dass wir alle aufgewacht sind. Auch Mama und Papa. Zum ersten Mal haben sie sich ganz klar gegen die alten Traditionen gestellt«, fährt sie fast schon euphorisch fort. »Sie und Yenge Hatice haben furchtbar gestritten, und meine Tante war drauf und dran, in die Türkei zurückzugehen. Aber Onkel Ilay hat gesagt, dass das überhaupt nicht infrage kommt.«

»Oh, und deine Tante hat auf ihn gehört?«

»Manchmal sind die alten Traditionen eben ganz gut«, meint Yassi. »Yenge Hatice würde niemals etwas gegen den Willen ihres Ehemannes tun.«

»Dann ist sie also lieber unglücklich?«, frage ich zweifelnd.

»Ach, das ist sie doch sowieso«, gibt Yassi zurück. »Egal, wie sie sich entscheiden würde. Sie kann einem echt leidtun. Meine Mutter glaubt aber, sie wird schon irgendwann begreifen, dass Allah viel größer ist, als wir Menschen denken und es keine Schande ist, wenn wir ein bisschen moderner leben wollen.«

»Sag ich doch die ganze Zeit«, erwidere ich.

»Ja ... du!« Yassi knufft mich in die Seite und einen Lidschlag später baumelt sie mir um den Hals. »Mensch, Lilly, ich kann dir gar nicht sagen, wie dankbar ich dir bin«, krächzt sie mir ins Ohr.

»Mir?«, rufe ich verdattert. »Wieso denn mir? Busra

und deine Eltern sind doch diejenigen, die alles verändern und dir den Rücken stärken.«

»Ja, aber wenn du mir nicht dauernd so zugeredet hättest …«

»Du meinst Blümchen und mich mit unseren ganzen Abers, oder?«, falle ich ihr ins Wort.

»Genau.« Yassi nickt und drückt mich wie verrückt. »Ihr seid die besten Freundinnen des Universums.«

»Du bist auch nicht gerade von schlechten Eltern«, erwidere ich und drücke sie zurück.

»Natürlich nicht«, erwidert Yassi. Sie löst sich von mir und sieht mich irritiert an. »Meine Eltern sind völlig okay.«

»Das ist doch bloß so ein Spruch«, erkläre ich ihr hastig. »Das sagt man, wenn man jemanden voll in Ordnung findet. Also, eigentlich war das ein Kompliment an dich.«

»Aah, logisch!« Yassi schlägt sich gegen die Stirn. »Gute Eltern, gute Kinder! Abstammung und so. Ja, du hast recht. Meine Mutter ist eine ziemlich treue Seele. Sie würde ihre Freunde niemals im Stich lassen. Genau wie ich«, setzt sie etwas leiser hinzu. »Obwohl ich in letzter Zeit manchmal ein bisschen nervig war … Du und Blümchen, ihr seid mir total wichtig. Das musst du mir glauben.«

Ein wahrer Springbrunnen aus warmen Blubberblasen sprudelt durch meine Brust.

»Mensch, Yassi … das macht doch nichts … das weiß

ich ja«, stottere ich mir zusammen. »Ich meine, jeder ist hin und wieder mal nervig.«

Ich hauche ihr einen Kuss auf die Wange und streiche sachte mit den Fingerspitzen über ihren langen dunklen Nackenzopf. »Das sieht übrigens superschön aus. Hat Busra den geflochten?«

Yassi schüttelt den Kopf. »Nee, das war meine Mama.«

»Und wie fühlt es sich an?«, frage ich leise.

»Schon ein bisschen komisch ... Aber auch irgendwie gut.«

»Du bereust es wirklich nicht?«

»Nein.« Wieder schüttelt Yassi den Kopf.

»Dann stört es dich jetzt also nicht mehr, dass die Jungs dich angucken? ... Und dich hübsch finden?«

Yassi senkt den Blick und nuschelt:

»Ich gucke ja selber. Und wenn ein Junge schöne Augen hat ... oder dichtes Haar und einen hübschen Mund ...«

»Hallo!«

Ich glaub, ich hab was an den Ohren!

»Ja, Mann, dann freue ich mich, dass er keine dumme Schirmkappe trägt und ich sein Gesicht und seine Frisur sehen kann«, erwidert Yassi beinahe trotzig. »Du etwa nicht?«

»Nein.«

Das heißt, eigentlich habe ich mir darüber bisher noch keine Gedanken gemacht. Außerdem bin ich der Meinung, dass die meisten Jungs ohnehin kein erfreulicher Anblick sind, aber das sage ich jetzt besser nicht, sondern frage stattdessen:

»Gibt es etwa jemanden, den du besonders ähm ... hübsch findest?«

»Ja ... Jannik.«

»*Was*?«

Es kostet mich mein ganzes schauspielerisches Talent – und das ist leider nicht besonders gut ausgeprägt –, um nicht allzu entrüstet dreinzuschauen. Mal abgesehen davon, dass ich mit einer solchen Antwort ABSOLUT nicht gerechnet habe! Doch zum Glück betrachtet Yassi noch immer ihre Füße und den Boden drum herum und bekommt von meinem höchstwahrscheinlich ziemlich missglückten Gesichtsausdruck nichts mit.

»Und Fuat.«

Äääähm ...???

»*Und* Björn-Dakota.«

Ich atme vorsichtig auf, hake aber sicherheitshalber noch mal nach.

»Ist deine Sammlung jetzt komplett?«

»Ja«, sagt Yassi. »Also, eigentlich. Die meisten kenne ich ja gar nicht.«

Was auch immer das heißen mag!

Dass Yasemin neuerdings heimlich Jungs betrachtet und sich an deren Anblick erfreut, übersteigt mein Vorstellungsvermögen um ein Vielfaches. Von einem Braten, der ein paar Stunden braucht, um gar zu werden, kann hier zumindest kaum noch die Rede sein. Yassis rasante Entwicklung gleicht eher einem Schnitzel, das man nur ein paar Minuten in die Pfanne legen muss, um es genießen zu können – vorausgesetzt, man ist kein Moslem. Oje, oje, was habe ich da bloß für einen dämlichen Spruch aus meiner Wundersprüchebox gezogen! Der Bratenvergleich mit Yassi hinkt jedenfalls an allen Ecken und Enden. Am besten, ich vergesse ihn komplett und kläre stattdessen den Punkt, der sich mir nun ganz besonders aufdrängt:

»Du bist also nicht gleichzeitig in Jannik, Fuat und BD verliebt?«

Yassi prustet los.

»Natürlich nicht!«, stößt sie hervor, und jetzt schafft sie es auch wieder, mich anzusehen. »Mit Verlieben habe ich nichts am Hut. Da geht es mir ganz genauso wie dir.«

»Und ich dachte schon!«, platzt es aus mir heraus.

Im nächsten Moment taucht Luis' Gesicht vor mir auf. Seine hellgrünen Augen und das schiefe Lächeln. Und dann er und Annabelle, wie sie sich ansehen und so vertraut miteinander sind. Als würden sie sich schon ewig kennen!

Ich bin drauf und dran, mich umzudrehen und zu *Häagen-Dazs* hinüberzustarren, und es kostet mich eine Riesenanstrengung, diesem Drang nicht nachzugeben, aber dann reißt Yassi mich ins Hier und Jetzt zurück.

»Ich finde, es reicht, dass Blümchen so durch den

Wind ist«, sagt sie. »Da sollten wir beide lieber einen klaren Kopf behalten. Oder meinst du nicht?«

»D-doch«, stottere ich, und schon wieder habe ich Probleme mit meinem Mienenspiel, was Yassi diesmal aber dummerweise nicht entgeht.

»Was ist denn los mit dir?«, erkundigt sie sich.

Ich versuche, mir so etwas wie Arglosigkeit ins Gesicht zu zaubern.

»Äh ... wieso?«

»Du guckst so komisch«, sagt Yassi. »Als würdest du für eine Theateraufführung proben.«

»Ach, Quatsch, ich habe nur gerade so eine Idee«, beeile ich mich zu erwidern, was zwar nicht ganz der Wahrheit entspricht, weil Blümchen zuerst draufgekommen ist, aber das spielt ja letztendlich keine Rolle. »Wegen Blümchen und durch den Wind. Und ein bisschen auch wegen uns dreien.«

»Aha«, meint Yassi. »Verrätst du mir auch noch ein paar Details?«

Nicht nur das!

Ich erzähle ihr sämtliche Neuigkeiten, die das ehemals verwilderte Gelände rund um den Nesselsee betreffen, und schließe damit, dass dies ja wohl eine einmalige Gelegenheit sei, die absolut ultimative Mädelszeit miteinander zu verbringen.

Der Einspruch, der bei solchen Plänen üblicherweise von Yassi kommt, bleibt zu meinem großen Erstaunen aus. Im Gegenteil: Meine Freundin ist Feuer und Flamme. Sie zweifelt nicht einmal daran, dass sie die Erlaubnis ihrer Eltern bekommt.

Ich für meinen Teil bin mir da Mama und Papa betreffend allerdings alles andere als sicher. Aber man soll ja nichts unversucht lassen. Und ich werde es garantiert geschickter anstellen als Jackie.

Noch von unterwegs aus rufe ich Blümchen auf dem Festnetz an, um ihr zu erzählen, dass Yassi total begeistert von unserer Nesselsee-Idee ist.

»Du meinst wohl meine«, betont sie.

»Klar, deine«, stöhne ich. »Ist ja auch egal, oder?«

»Finde ich nicht.«

»Mensch, Blümchen, es geht hierbei doch nicht um die Erfindung einer nie leer werdenden Colaflasche, sondern einfach nur ums Zelten!«

»Ja, ja«, knurrt sie in mein Ohr.

»Ich habe Yassi gegenüber extra so getan, als ob es mir gerade erst einfiele, weil ich sie so besser überzeugen konnte«, rechtfertige ich mich. »Und das ist mir auch gelungen.«

»Schon okay«, sagt Blümchen. »Ich bin jedenfalls heilfroh, dass Yassi diese Hundertachtziggradwendung hingelegt hat und sie bei unseren Unternehmungen nun endlich keine Probleme mehr macht.«

»Jetzt übertreib mal nicht«, protestiere ich. »Bisher

ist sie immer und überall dabei gewesen. Und zelten könnte sie schließlich auch mit Kopftuch.«

»Ja, aber doch nicht im Bikini auf einer Luftmatratze über den Baggersee schwimmen«, hält Blümchen dagegen. »Oder zwischen lauter Jungs am Strand sitzen.«

»Entschuldige bitte, aber DAS habe ICH auch nicht vor«, stelle ich klar. »Schließlich soll es eine reine Mädelsaktion werden. Das hast du vorhin selber so gesehen.«

»Klar soll es das«, lenkt Blümchen sofort ein. »Ich will ebenfalls nichts anderes, als Jakob vergessen und mit dir und Yassi jede Menge Spaß haben. Allerdings werden am Nesselsee garantiert Jungs rumhängen. Vergiss nicht: Früher war das ihr Revier. Und wir können sie ja schlecht erschießen.«

»Aber ihnen aus dem Weg gehen«, sage ich, denn ich bin schon immer für die gewaltfreien Maßnahmen gewesen. Doch dann wird mir siedend heiß klar, dass Luis und Malte vermutlich auch dort auftauchen werden. Es sei denn, sie fahren gleich in der ersten Ferienwoche in ein Jugendcamp oder mit ihren Eltern in den Urlaub.

»Keine Sorge«, erwidert Blümchen. »Ich habe die Nase voll von Jungs. Und zwar so was von!«

»Hat Jakob sich etwa noch mal gemeldet?«, frage ich erschrocken.

»Eben nicht.«

»Oh, aber das ist doch gut«, sage ich.

»*Eben nicht*!«

»Du musst es ja wissen«, entgegne ich und gebe mir alle Mühe, Blümchen nicht verstehen zu wollen.

»Solange ich nicht weiß, wie viel ihm an mir gelegen hat, kann ich ihn nicht vergessen«, eröffnet sie mir.

»Oh«, sage ich noch einmal, denn mehr fällt mir dazu wirklich nicht ein.

»Ich kann nicht pennen, mich weder auf Hausaufgaben noch auf ein Buch, einen Film oder sonst was konzentrieren. Kapierst du, Lilly, ich brauche mein Smartphone zurück und zwar sofort.«

»Du kannst meins haben«, biete ich ihr an. »Ich bringe es dir vorbei. In einer halben Stunde bin ich da.«

»Oh, Lilly, du bist sooo süß!«, quietscht Blümchen in mein Ohr. »Das vergesse ich dir nie! Nie! Nie! Nie!«

»Aber du rufst ihn dann bitte auch an, okay?«

»Klar, mach ich. Versprochen!«, versichert sie mir hoch und heilig.

»Seine Nummer weißt du ja hoffentlich«, sage ich, als ich um Viertel vor sechs vor Blümchens Haustür stehe.

»In- und auswendig!«, quietscht meine Freundin.

Sie reißt mir das Handy aus der Hand, haucht mir einen Kuss auf die Wange und zwei Sekunden später finde ich mich vor der verschlossenen Wohnungstür wieder.

»Eigentlich wäre ich ja ganz gern dabei gewesen«, murmele ich.

Nur für den Fall, dass Jakob Blümchen etwas sagt, das sie nicht hören will, und sie anschließend jemanden zum Reden braucht. Könnte ja sein. Auch wenn ich ihr wahrscheinlich keine große Hilfe wäre.

Frustriert wende ich der Tür den Rücken zu und trotte zur U-Bahn-Station zurück. Wieder taucht das Bild von Luis und Annabelle im *Häagen-Dazs* vor mir auf und plötzlich rauscht es mir eiskalt den Rücken hinunter.

Wie konnte ich hirnamputierte Amöbe Blümchen nur mein Handy überlassen!

Schwindeleien und ein Schwur

»Papa ist ins Schwimmbad gefahren!«, bestürmt Philipp mich, als ich in den Wohnungsflur trete. »Mama muss heute länger arbeiten und ich habe Spaghetti für dich gekocht!«

»Heißt das etwa, außer dir ist niemand zu Hause?«, frage ich, lasse meinen Rucksack zu Boden gleiten und ziehe meine Chucks aus.

»Ja, aber ich kann schon ziemlich gut alleine sein«, erwidert Philipp, packt meine Hand und zieht mich in Richtung Küche.

»Hat Jackie sich gemeldet?«

»Eh, eh.« Philipp schüttelt den Kopf.

»Und wieso ist Papa ins Schwimmbad gefahren?«

»Um sie zu suchen, natürlich«, erwidert mein Bruder.

»Ich glaube ja eher, dass sie am Baggersee ist«, sage ich.

»Aber das haben Mama und Papa doch antidemokratisorisch verboten.«

Philipp lässt meine Hand los und stürzt an den Herd, auf dem ein großer Topf steht und jede Menge Dampf und Wassertropfen ausspuckt, die unter lautem Zischen auf dem Ceranfeld landen und sich dort ebenfalls sofort in Dampf verwandeln. Die Küche ist bereits total vernebelt.

»Glaubst du, die Spaghetti sind jetzt fertig?«, fragt Philipp und will nach den Topfhenkeln greifen.

»Nein!«, brülle ich, mache einen Satz auf ihn zu und zerre ihn am T-Shirt zurück. »Du rührst dich nicht von der Stelle!«

Ich schnappe mir die Kochhandschuhe, mache die Herdplatte aus und schiebe den Topf auf das kalte Feld daneben.

»Wann hast du die Nudeln denn reingetan?«

»Weiß nicht«, meint Philipp schulterzuckend. »Ist schon was länger her. Wieso?«

»Hat Papa dir denn überhaupt gesagt, dass du für uns kochen sollst?«, erkundige ich mich.

»Nein«, erwidert Philipp. »Ich hab ja schon gegessen Pfannekuchen. Aber du hast bestimmt Hunger, oder?«

Ich sehe ihn an und genau wie vorhin bei Yassi fängt der Springbrunnen in meiner Brust wieder an zu blubbern.

»Och, Süßer, das ist total lieb von dir«, sage ich und schlinge meine Arme um ihn, doch Philipp duckt sich so schnell weg, dass ich ins Leere greife und fast das Gleichgewicht verliere.

»Ich bin nicht süß«, stellt er klar und deutet auf den Topf.

»Willst du die Spaghettis gar nicht ins Sieb gießen?«

»Logisch«, sage ich, hole das Nudelsieb aus dem Schrank und stelle es ins Spülbecken.

Danach hieve ich den Topf vom Herd und schütte dessen Inhalt – etwas dampfendes Wasser und ein Nudelklumpen so dick wie ein Fußball – in das Sieb.

»Boah!«, ruft Philipp begeistert. »Ein Riesenknödel! Der passt gar nicht auf einen Teller.«

»Dann schneide ich mir eben ein Stück davon ab«, sage ich, während ich den unappetitlichen Klumpen von allen Seiten begutachte. »Und was esse ich dazu?«

»Pestosoße«, schlägt Philipp vor und reißt den Vorratsschrank auf.

»Keine mehr da«, verkündet er, nachdem ich die Fensterflügel auf Kipp gestellt und ein wenig von dem Dampf hinausgewedelt habe.

Im nächsten Augenblick höre ich, dass die Wohnungstür aufgeschlossen wird.

»Das ist Papa!«, ruft Philipp und wetzt in den Flur. Gerade mal einen Atemzug später kommt er in die Küche zurückgehüpft. »Jackie ist wieder da!«, jubelt er.

Wie ein vom Flitzebogen abgeschossener Pfeil sause ich an ihm vorbei in die Diele, aber da hat meine Schwester bereits die Stufen zur Empore erklommen.

»Jackie!«, brülle ich.

In derselben Sekunde knallt ihre Zimmertür zu.

Ich mache den längsten Satz meines Lebens die Empore hinauf, als ich jedoch die Klinke hinunterdrücke, hat Jackie längst den Schlüssel umgedreht.

»Verdammt noch mal!«, fluche ich und bollere mit den Fäusten gegen die Tür. »Hast du Papa getroffen?«

Natürlich kriege ich keine Antwort.

»Er ist im Schwimmbad und sucht dich!«

Ich lasse die Hände sinken und lege mein Ohr gegen die Tür, ernte allerdings wieder nur Schweigen.

»Wir haben uns irre Sorgen um dich gemacht!«

Stille.

»Mama und Papa sind vor Angst um dich fast gestorben!«

Nichts.

GRRR!

Ich balle die Fäuste, aber diesmal nicht, um damit gegen die Tür zu schlagen, sondern weil ich vor Wut kurz vorm Platzen bin.

Mit geräuschvollen Schritten stapfe ich zur Telefonstation und wähle Papas Handynummer.

Er meldet sich schon nach dem zweiten Signalton.

»Philipp?«

»Nein, ich bin's, Lilly!«

»Was ist los?«

»Jackie ist gerade nach Hause gekommen«, erwidere ich und bilde mir ein, einen ganzen Steinhaufen von Papas Herzen poltern zu hören.

»Gut«, sagt er und dann etwas leiser: »Na, warte, Mädchen.«

»Bis gleich«, murmele ich und stelle das Telefon in die Station zurück.

In Jackies Haut möchte ich jetzt echt nicht stecken.

Dieser Tag geht um ein Vielfaches lauter zu Ende als er begann: mit Gebrüll, Gekreische, Geheule und Türenschlagen. Das Resultat sind zwei Wochen Stubenarrest für Jackie und eine mehr als frostige Stimmung in unserer Wohnung.

Während Papa und meine Schwester sich ihr Schreigefecht lieferten, kam Philipp zu mir ins Zimmer geschlichen und ließ sich sogar kurz in den Arm nehmen.

Er schleppte eine große Schüssel voller klein geschnittener und mit Olivenöl, Parmesankäse und rosa Pfefferbeeren gewürzter Nudelstücke herbei, platzierte sie auf meinem Schreibtisch und drückte mir eine Gabel in die Hand.

»Mensch, Philipp«, sagte ich. »Das kann ich unmöglich alles essen. Außerdem habe ich kein bisschen Appetit, solange Papa und Jackie sich da draußen anbrüllen.«

Aber dann habe ich ihm zuliebe doch ein paar Bissen hinuntergewürgt.

»Total lecker«, schwindelte ich.

Wären die Nudelstücke nicht bereits kalt gewesen, hätten sie vielleicht sogar wirklich geschmeckt.

»Du lügst«, befand mein Bruder dann auch ganz richtig, nachdem er mich ein paar Sekunden lang forschend gemustert hatte. »Ich bin dir aber nicht böse, wenn du das nicht magst. Nächstes Mal soll Papa besser wieder Spaghetti kochen.«

Da konnte ich ihm nur beipflichten. Im Zubereiten von Nudelgerichten ist mein Vater wirklich unschlagbar.

Mittlerweile ist es halb neun. Philipp liegt seit einer halben Stunde im Bett. Ich bin ebenfalls bereits im Pyjama und hocke im Schneidersitz auf dem Fußboden, meine Wundersprüchebox vor mir, und versuche mich zu konzentrieren – was gar nicht so leicht ist.

Papa hat sich inzwischen zwar wieder eingekriegt, aber Jackie tobt noch immer wie eine Furie durch die Wohnung.

»Egal«, murmele ich.

Jetzt, in diesem Moment, zählt einzig und allein Oma Brille und damit die große Frage, wie ich die Pläne der guten Tante Elfriede durchkreuzen kann.

Ich schließe die Augen und greife in die Box. Die Zettel gleiten durch meine Finger und dann schnappe ich zu.

Bitte, lass es nicht wieder so etwas Hinterintelligentes sein, flehe ich innerlich, während ich die Augen öffne und den Zettel auseinanderfalte.

Ein Freund in der Not ist besser als ein Sahnehäubchen auf deiner Käsestulle.

Jau! Auch dieser Spruch klingt mehr als einleuchtend. Es sei denn, man liebt Käsestullen mit Sahne über alles und regelt grundsätzlich seine ganzen Probleme selber.

Ich für meinen Teil bin sehr froh, dass ich Blümchen und Yassi habe, trotzdem ist mir völlig schleierhaft, wie sie mir bei der Tante-Elfriede-Sache zur Seite stehen können.

Ich lasse den Zettel in die Box zurückfallen, lege den Deckel darauf und schiebe sie an ihren Platz unter mein Bett. Anschließend schlüpfe ich unter die Decke und will gerade das Licht löschen, als Chester Bennington losbrüllt:

We're building it up ... To break it back down ... We're building it up ... To burn it down ... We can't wait ... To burn it to the ground

Danach reißt seine Stimme urplötzlich ab und Jackie bekommt einen weiteren Tobsuchtsanfall mit Brüllen, Kreischen und Türenschlagen.

Oh Mann. Sie muss wirklich verdammt wütend sein, wenn sie diese alte Nummer hervorkramt, um meinen Eltern diese Ansage zu machen. *Linkin Park* hat sie jedenfalls schon ewig nicht mehr gehört.

Ich lasse mich ins Kopfkissen fallen und atme tief durch. Wenn Philipp bereits eingeschlafen sein sollte, ist er jetzt auf jeden Fall wieder wach.

Und mit einem Mal steht Mama im Zimmer und mit ihr weht ein zarter Schokoduft herein.

»Irgendwann wird Jackie schon die Puste ausgehen«, sagt sie und setzt sich zu mir auf die Bettkante. »Vielleicht schickt uns ja auch Herr Piesolski die Polizei auf den Hals.«

Es klingt beinahe so, als würde sie das tatsächlich hoffen.

»Ich finde die Strafe zu hart«, sage ich. »Wenn ihr Jackie gestern richtig zugehört hättet, hätte sie euch bestimmt erzählt, dass Niko, Evy und sie nicht unbeaufsichtigt zelten wollen. Und dann hätte sie auch nicht abhauen müssen.«

»Na, das ist aber eine seltsame Logik«, gibt meine Mutter kopfschüttelnd zurück. »Ich verstehe allerdings durchaus, dass du dich auf die Seite deiner Schwester stellst. In deinem Alter hätte ich es wahrscheinlich genauso gemacht.«

In meinem Alter – ts! Was soll das denn heißen? Ich bin doch kein Baby mehr, das noch nicht weiß, was Gerechtigkeit ist.

»Mann, warum verzeiht ihr Jackie das nicht?«, stöhne ich. »Du hast heute Morgen doch sofort gewusst, dass ihr nichts zugestoßen ist und ...«

»Nicht *gewusst*, Lilly«, unterbricht sie mich mit ernster Miene. »Gehofft habe ich das. Und zugegebenermaßen auch ein wenig im Gefühl gehabt. Trotzdem können wir deiner Schwester ein solches Verhalten nicht durchgehen lassen. Jackie hätte alle Zeit der Welt gehabt, noch einmal ganz in Ruhe mit uns über ihre Pläne zu sprechen. Stattdessen schleicht sie sich aus der Wohnung und versetzt uns in Angst und Schrecken.«

»Jetzt übertreibst du aber!«

Mamas Augenbrauen schlagen Wellen. »Vergiss nicht:

Philipp hat ihr Verschwinden ziemlich zugesetzt. Und Sorgen gemacht haben Papa und ich uns auch, das kannst du mir glauben.«

Tu ich ja! Und im Grunde ist mir selber nicht ganz klar, warum ich mich gerade dermaßen für meine Schwester ins Zeug lege. Für mich würde sie das nämlich garantiert niemals tun.

»Bestimmt war das nur so eine bescheuerte Trotzreaktion von ihr«, verteidige ich sie dennoch weiter. »Jackie ist doch in der Pubertät! Und deshalb sind zwei Wochen Hausarrest einfach zu viel. Mama, überleg doch mal: Das ist ein Drittel der gesamten Sommerferien.«

»Aha«, sagt Mama schmunzelnd. »Jackie ist also in der Pubertät.« Sie stupst mit ihrem Finger gegen meine Nasenspitze. »Und du wohl nicht?«

»Nein«, weise ich diese Unterstellung energisch von mir.

Jedenfalls nicht *so*. Und wenn ich mir vor Augen halte, was für ein Hin und Her Blümchen wegen Jakob veranstaltet, dann erst recht nicht. Ganz zu schweigen von meiner Großtante und ihren peinlichen Auftritten mit Herrn Cornils.

»Dann schon eher Tante Elfriede!«

»Ja«, sagt Mama. »Bei ihr spielen die Hormone auf jeden Fall auch verrückt.«

Und so manches andere, füge ich im Stillen hinzu.

Ich überlege, ob ich von den seltsamen Spuk-Vorkommnissen in Oma Brilles Haus berichten soll, verwerfe diesen Gedanken aber sogleich wieder und angele stattdessen den Flyer vom Nachttisch, den Jackie meinem Vater vorhin vor die Füße geworfen hat. Papa hat allerdings nicht einen einzigen Blick darauf geworfen, und als der Flyer später dann einsam und vergessen auf dem Boden im Flur lag, habe ich ihn aufgehoben und mit in mein Zimmer genommen.

Blümchen hatte die Ankündigung ja bereits in der Zeitung gelesen, und jetzt habe auch ich es schwarz auf weiß.

✳ NEUERÖFFNUNG NESSELBAD ✳
✳ Naturbelassenes Gelände ✳
✳ Große Zeltwiese ✳
✳ Moderne Sanitäranlagen ✳
✳ Kinderspielplatz ✳
✳ Badeinsel mit Seilrutsche ✳
✳ Aufenthaltsraum ✳
✳ Kiosk ✳
✳ Imbiss – Bistro – Eiscafé ✳

Tageskarte: EURO 8,–/5,–
(Schüler, Studenten, Senioren)

– SONDERAKTION: Betreutes Sommercamp für Jugendliche von 12 bis 17 Jahren, inkl. Verpflegung EURO 15,– pro Tag (EURO 95,– pro Woche)

»Würdet ihr mir eigentlich erlauben, mit Yassi und Blümchen am Nesselsee zu campen?«, frage ich und gebe meiner Mutter den Infozettel in die Hand.

»Hm.« Meine Mutter mustert den Flyer und sieht schließlich mich wieder an. »Hast du denn keine Angst, dass Jackie dir den Hals umdreht?«

»Wieso mir?«, entgegne ich. »*Ich* habe ihr doch keinen Hausarrest aufgebrummt.«

Mama seufzt leise, dann nickt sie.

»Also gut. Ich werde mit deinem Vater darüber sprechen. Sind Yasemins und Kamillas Eltern denn einverstanden?«, erkundigt sie sich.

»Keine Ahnung«, gebe ich wahrheitsgemäß zurück.

Mit der Niko-und-Evy-dürfen-aber-Nummer brauche ich meiner Mutter gar nicht erst zu kommen. Und was mit Blümchen und Yassi ist, erfahre ich hoffentlich morgen.

Yassi lässt Blümchen und mich bis nach der Zeugnisausgabe am letzten Schultag zappeln. In aller Ruhe geht sie ihre Zensuren durch und nickt dabei zufrieden vor sich hin.

»Eigentlich hätte die Schönerscheidt mir auch eine Zwei geben können«, meint Blümchen, während sie ihr Zeugnis behutsam in eine Hefthülle legt. »Bei einer Drei, einer Zwei und einer Drei plus in den Arbeiten!«

»Rechnen ist offenbar auch nicht deine Stärke«, foppe ich sie.

»Wieso?«, entgegnet Blümchen. »Mündlich bin ich doch eigentlich ganz gut. Besser als Kristina allemal.«

»Was hast du denn überhaupt in Deutsch?«, erkundigt sich Yassi bei mir, nachdem sie all ihre Sachen in ihrer Tasche verstaut hat.

Sie kann von uns dreien übrigens die besten Noten vorweisen.

»Eine Zwei«, erwidere ich. »Offenbar hat die Schönerscheidt mir die Sache mit der Unterhose nicht übel genommen.«

»Das wäre ja wohl noch schöner«, sagt Blümchen empört. »Hundertpro gibt es kein Gesetz der Welt, das es erlaubt, Unterhosen mit in die Notengebung einfließen zu lassen.«

»Nee«, pflichtet Yassi ihr grinsend bei. »Aber jetzt mal im Ernst«, wechselt sie das Thema. »Meine Eltern haben die ersten drei Wochen gebucht.«

»Heißt das etwa, ihr fliegt in die Türkei?«, stoße ich erschrocken hervor.

»Ja, klar.« Yassi zwinkert uns zu. »Und wer kümmert sich solange um unseren Imbiss?«

»Ähm, keine Ahnung ... äh ...«, stammele ich, und allmählich dämmert mir, wovon sie spricht.

»Ist doch egal«, bügelt Blümchen die Angelegenheit ab. »Ich darf jedenfalls auch zum Zelten. Meine Eltern haben es mir gestern Abend endlich erlaubt.«

»Waaas?«, rufe ich. »Aber ...?«

Dann bin ich ja die Einzige, die noch kein grünes Licht für diese Aktion bekommen hat. Schlagartig sinkt mir das Herz in die Hose. Nicht auszudenken, wenn ich am Ende auch die Einzige bin, die zu Hause bleiben muss.

Blümchen sieht mich mitleidig an.

»Dann besuchst du uns halt tagsüber«, schlägt sie vor, denn natürlich weiß sie, dass meine Eltern sich bisher weder dafür noch dagegen entschieden haben.

»Übrigens gehören Busra und Martin zu den Aufpassern«, meint Yassi leichthin. »Und unser Imbiss liefert das Essen für die Camper.«

»Nein!«, entfährt es mir.

»Na, das dürfte sie ja wohl besser wissen«, entgegnet Blümchen und deutet grinsend auf Yasemin.

»Aber das gibt's doch gar nicht!«, fluche ich. »Wieso sagt mir das denn keiner?«

»Also, das mit Yassi und Busra und dem Essen habe ich auch nicht gewusst«, erklärt Blümchen hastig, und Yassi schlingt mir ihren Arm um die Schultern.

»Jetzt freu dich doch mal!«, fordert sie mich auf. »Deine Eltern werden es dir bestimmt nicht verbieten. Dann müsstest du für Jackies Fehltritt mit büßen und das wäre ja obergemein.«

Allerdings, das wäre es!

»Notfalls quartierst du dich eben bei deiner Oma ein«, meint Blümchen. »Schließlich wohnt die ganz in der Nähe vom Nesselsee.«

»Kamilla?«, unterbricht Melanie Tiffert unser Gespräch.

Die nette junge Referendarin, die im letzten Halbjahr einige Stunden Deutsch bei uns unterrichtet und heute an Stelle unserer Klassenlehrerin die Zeugnisausgabe übernommen hat, schultert ihre Umhängetasche und kommt langsam auf uns zu.

»Ich will euch ja nicht stören, aber ...«

»Schon klar«, sage ich und zwänge mich an Yassi vorbei. »Sie müssen den Raum abschließen.«

»Ja, das auch.« Lächelnd hält Melanie Tiffert Blümchen ein kleines Päckchen entgegen. »Das soll ich dir geben. Mit den besten Grüßen von Frau Schönerscheidt.«

Ach herrje! Glühend heißt fällt mir ein, dass ich völlig vergessen habe, ihr meinen Entschuldigungsbrief zu schreiben.

»Wie geht es ihr denn?«, platzt es aus mir heraus.

»Oh, ihr Schlüsselbein ist zum Glück nur angebrochen. Sie muss sich jetzt zwar ein wenig schonen, darf nichts heben und so, aber ich glaube, sie freut sich sehr auf die neue Schule«, erwidert Melanie Tiffert. »Frau Schönerscheidt bemüht sich ja schon seit einigen Jahren um eine Versetzung und jetzt hat es endlich geklappt.«

»Sehen Sie sie irgendwann noch mal?«, frage ich.

Die Referendarin nickt. »Das ist gut möglich.«

»Würden Sie ihr dann einen Gruß von mir ausrichten«, bitte ich sie, »und ihr sagen, dass es mir sehr, sehr leidtut. Sie weiß dann schon, worum es geht.«

»Natürlich, Lilly, das mache ich sehr gern. Aber jetzt wünsche ich euch erst mal schöne Ferien«, gibt Melanie Tiffert zurück und deutet zur Tür.

»Also verlässt Frau Schönerscheidt wirklich nicht unseretwegen die Schule«, meint Yassi, als wir kurz darauf den Gang entlang Richtung Ausgang schlendern.

»Richtig gut leiden konnte sie uns aber trotzdem nicht«, erwidert Blümchen grimmig, während sie das Päckchen öffnet und einen dunkelblauen Umschlag – und ein nigelnagelneues Smartphone daraus hervorzieht. Schlagartig hellt sich ihre Miene auf. »Oh wow, das Nachfolge-Modell!«, quiekt sie und wischt über das Display. »Mann ey! Wie cool ist das denn!«

Ich nehme ihr den Umschlag aus der Hand, ziehe eine Karte heraus und lese laut vor: »Liebe Kamilla, zum Glück war die SIM-Karte noch intakt. Ich habe sie in das neue Handy einsetzen lassen. Schöne Ferien wünscht Dir Ellis Schönerscheidt.«

»Entschuldigung angenommen«, murmelt Blümchen selig.

»Dann brauchst du mein Handy ja jetzt nicht mehr, oder?«, frage ich.

»Nee«, sagt Blümchen. »Wird sowieso höchste Zeit, dass du es zurückbekommst.«

Prompt macht mein Herz einen Riesensatz. »Was soll das denn heißen?«, presse ich hervor.

»Och«, meint Blümchen.

Sie zwinkert mir vielsagend zu und grinst dabei von einem Ohr zum anderen.

Irritiert wandert Yassis Blick zwischen uns hin und her.

»Gibst du es mir nun oder nicht?«, knurre ich.

»Wieso hat sie es überhaupt?«, will Yassi wissen.

Von jetzt auf gleich weicht das Grinsen in Blümchens Gesicht einem warnenden Ausdruck.

»Sie brauchte es einfach dringender als ich«, antworte ich schnell. »Da habe ich es ihr eben geliehen.«

»Schon klar«, meint Yassi schulterzuckend. »Wegen Jakob.«

Blümchen lacht übertrieben laut auf. »So ein Quatsch!«

Natürlich nimmt Yassi ihr das nicht ab.

»Ich bin deine Freundin«, sagt sie. »Du kannst mit mir über alles reden. Sogar über Jungs. Das hättest du übrigens schon tun können, als ich noch mein Kopftuch getragen habe«, fügt sie ein wenig brummig hinzu.

»Ja, ja«, stöhnt Blümchen. »Frag lieber mal Lilly ... was die so zu verbergen hat.«

»Gar nichts«, sage ich heftig.

»Und wieso schickt Luis dir dann eine Nachricht nach der anderen aufs Handy?«

»Woher soll ich das wissen?«, blaffe ich.

»Also ich könnte dir auf die Sprünge helfen«, tönt Blümchen. »Falls du Erklärungshilfe benötigst ...«

»Pfff«, mache ich. »Du hast sie also gelesen?«

»Aber klar doch«, gibt Blümchen unumwunden zu. »Hätte ja was Wichtiges sein können.«

»Garantiert«, knurre ich und zeige ihr einen Vogel. »Von Luis! Als ob der jemals irgendwas Weltbewegendes von sich gegeben hätte!«

»Zumindest hat er dich vermisst«, erwidert meine Freundin, die irgendwann, in ziemlich grauer Vorzeit, mal meine allerbeste gewesen ist, mit einem triumphierenden Lächeln.

Dummerweise irritiert mich diese Bemerkung so sehr, dass ich nicht richtig wütend werden kann, weil ich gegen meine Verlegenheit ankämpfen muss.

»Von mir aus ...«, fauche ich und ringe nach Atem.

»... kann ich sie löschen, oder was?«

»Ja«, presse ich hervor. »Nein ...«

»Okay.« Blümchen schiebt eine Hand in ihre Umhängetasche und fängt an, darin herumzukramen. »Jedenfalls hat Luis auf dich gewartet.«

»Kann gar nicht sein«, entgegne ich viel zu schnell.

»Letzte Woche«, fährt Blümchen ungerührt fort. »Im *Häagen-Dazs*.«

Aus dem Augenwinkel bemerke ich, wie Yassi zusammenzuckt. Schöner Mist! Sie ist ja nicht blöd und hat natürlich sofort eins und eins zusammengezählt.

»Davon weiß ich nichts«, flunkere ich dennoch. »Das fantasiert der sich zusammen. Keine Ahnung, was das soll. Ich hab dir doch gesagt, dass er und Malte mir tierisch auf den Keks gegangen sind.«

»Hm«, macht Blümchen. Sie zieht das Handy aus ihrer Tasche hervor und reicht es mir.

Ich werfe einen kurzen genervten Blick darauf und stecke es ins Seitenfach meines Rucksacks. »Nachdem Malte sich seinen Schlüssel nun endlich abgeholt hat, lassen sie uns bestimmt in Ruhe.«

Blümchen zieht die Augenbrauen hoch. »Du meinst wohl *dich*.«

»Jetzt hör schon auf«, mischt Yassi sich ein. »Drück lieber die Daumen, dass Lilly mit zum Zelten darf. Dann beginnt unsere Mädelszeit und da haben Jungs sowieso keinen Platz. Oder?«

Am liebsten würde ich ihr um den Hals fallen, aus lauter Dankbarkeit, dass sie kein Wort über das *Häagen-Dazs* und das Treffen von Luis und Annabelle ausgespuckt hat. Ich reiße mich jedoch zusammen und versuche, mir nichts von meiner Anspannung anmerken zu lassen. Blümchen ist sowieso schon misstrauisch genug. Sie schiebt die Unterlippe vor und mustert mich mit zusammengekniffenen Augen.

»Also gut«, sagt sie schließlich. »Aber das gilt dann auch für Lilly.«

»Ja, klar«, gebe ich zurück. »Wieso denn nicht?«

Das weißt du ganz genau, scheint Yassis Blick zu sagen.

Oje, oje! In was für eine Geschichte habe ich mich da bloß hineingeschwindelt! Früher oder später werde ich ein paar Erklärungen abliefern müssen, doch das hat

Zeit, bis – hoffentlich bald – ein wenig Ruhe in unser Leben eingekehrt ist.

»Das gilt natürlich für uns alle«, betont Yassi.

Ich nicke eifrig und Blümchens Miene entspannt sich ein wenig.

»Mit Jakob ist es endgültig aus«, eröffnet sie uns. »Nur damit ihr es wisst.«

»Na, umso besser«, meint Yassi und hebt ihre Hand. »No boys for three weeks?«

»Yes!«, sage ich und schlage ein.

»No boys«, murmelt Blümchen, »for three weeks«, und nach einem kurzen Zögern klatscht sie ihre Hand gegen Yassis und meine.

Und damit ist der Schwur für unsere Mädelszeltlagerwochen ohne Jungs endgültig perfekt. Jetzt muss ich nur noch meine Eltern überreden ...

Eine Entführung der besonderen Art

Papa empfängt mich direkt vor der Haustür.

»Bitte einsteigen«, sagt er und deutet auf unseren Van.

»Hä? Wieso?« Irritiert sehe ich ihn an.

»Dies ist eine Entführung«, erwidert er augenzwinkernd. »Da ist es nicht üblich, Fragen zu stellen.«

»Aber ...?«

»Kein aber ... einsteigen!«, wiederholt er, legt seine Hand auf meine Schulter und schiebt mich auf den Wagen zu.

»Nur du und ich?«, frage ich, nachdem ich mich auf dem Beifahrersitz angeschnallt habe.

»Mhm.« Mein Vater nickt, startet den Motor und fädelt den Van in den Straßenverkehr ein. »Nur du und ich und dein Zeugnis.« Er grinst mich von der Seite an. »Wie ist es denn ausgefallen?«

»Super«, erwidere ich und rattere meine Noten herunter.

»Na, wunderbar!«, freut er sich und tätschelt mir den Oberschenkel. »Gratuliere.«

»Okay«, sage ich. »Lässt du mich jetzt frei?«

»Tut mir leid.« Mein Vater schüttelt mit gespieltem Bedauern den Kopf. »Das ist leider nicht möglich.«

»Mama, Philipp und Jackie wissen aber Bescheid, oder?«, vergewissere ich mich.

»Jein«, antwortet er. »Und mehr kriegst du nicht aus mir heraus«, setzt er im Basta-Ton hinzu.

Na toll!

Ich lehne mich in den Sitz zurück und versuche, einigermaßen gelassen der Dinge zu harren, die da auf mich zukommen. Doch leider steigt bereits nach wenigen Minuten Panik in mir auf.

»Ich möchte auf keinen Fall alleine nach Kroatien oder Griechenland fliegen oder ohne meine Freundinnen an einer Abenteuerfreizeit teilnehmen«, stelle ich klar.

Schließlich ist es gerade mal eine Dreiviertelstunde her, dass wir unseren Zeltlagerschwur geschworen haben!

Mein Vater schiebt die Unterlippe vor und wiegt seinen Kopf hin und her. Dann schaltet er das Radio ein und summt die Melodie des Oldie-Songs mit, der gerade läuft.

Nach einer Weile merke ich, dass er uns in Richtung Wittenfeld steuert, und ich entspanne mich allmählich wieder.

»Ich hätte auch direkt von der Schule aus mit der U-Bahn zu Oma Brille fahren können«, brumme ich. »Das hätte jede Menge Sprit gespart.«

»Hätte hätte, Fahrradkette«, meint Papa nur, und danach ist erst mal Schweigen im Walde.

Nach gut zwanzig Minuten passieren wir das Ortseingangsschild der Gemeinde Wittenfeld und kurz darauf biegt mein Vater auch tatsächlich in die Rosenstraße ein, tuckert im Schneckentempo auf Oma Brilles Haus zu, drückt dreimal kurz auf die Hupe und gibt dann wieder Gas.

»Was machst du denn?«, rege ich mich auf. »Soll Oma Brille uns etwa zu Fuß hinterherlaufen?«

»Keine Sorge«, erwidert er. »Notfalls nimmt sie halt das Fahrrad.«

Das Fahrrad? Ich glaub, ich spinne!

»Wohin fahren wir denn nun?«

Natürlich bekomme ich keine Antwort. Stattdessen zwinkert Papa mir ein weiteres Mal zu und stellt die Musik noch etwas lauter.

»Na gut«, murmele ich. »Ich gebe mich geschlagen.«

Ungefähr hundert genervte Atemzüge später wird mir endlich klar, wohin die Reise geht. Doch anstatt mich zu freuen, starre ich wie eine Belämmerte auf das Schild am Straßenrand, dem wir uns nun in so gemächlicher Geschwindigkeit nähern, dass ich es mir glatt dreimal durchlesen könnte.

⁕ NESSELBAD ⁕
Öffnungszeiten:
15. Juni bis 30. September
Tageskarte: EURO 8,–/5,– (ermäßigt)

»Papa, was soll das?«, entflutscht es mir.

»Was ist denn das für eine Frage?«, erwidert mein Vater und dreht das Radio aus. »Deine Mutter sagt, du hättest ihr damit in den Ohren gelegen, dass du die ersten drei Ferienwochen unbedingt an diesem Baggersee zelten möchtest!«, teilt er mir ziemlich ungehalten mit.

»Hätte, hätte, Fahrradkette«, knurre ich, woraufhin mein Vater in die Bremsen steigt, den Van an den Straßenrand lenkt und mich mit seinem Blick durchbohrt.

»Also nein?«, entgegnet er

»Doch«, stöhne ich. »Aber ja nicht alleine!«

Papa macht eine weit ausholende Armbewegung.

»Ich schätze mal, dass auch noch andere Jugendliche dort campen werden.«

»Ja, aber Yassi und Blümchen …«

»Sind bereits hier.«

»Das kannst du doch gar nicht wissen«, echauffiere ich mich. »In der Schule haben die beiden jedenfalls nicht gesagt, dass wir uns heute schon hier treffen.«

Anstatt mir eine Erklärung zu liefern, hebt mein Vater seine Schultern nur bis zu den Ohren hoch, und so langsam fängt es in meinen grauen Zellen an zu rattern. Offenbar hat es zwischen Blümchens, Yassis und meinen Eltern eine Absprache gegeben.

»Überraschung!«, ruft mein Vater grinsend und tätschelt mir den Oberschenkel. »Jetzt freu dich doch mal!«

Tu ich doch, aber ...

»Mein Zelt!«

Papa deutet über die Schulter nach hinten.

»Liegt zwischen den Sitzen.«

»Und Klamotten brauche ich auch.«

»Mama hat dir das Nötigste eingepackt«, gibt mein Vater zurück. »Für's Erste. Du machst eine Liste ...«

»... und bekomme dann alles nachgeliefert?«, falle ich ihm ins Wort.

»Jawohl.«

»Aber wieso? Ich meine, was soll dieser ganze Aufwand? Es wäre doch viel einfacher gewesen, wenn ich zu Hause schnell selber alles zusammengepackt hätte ...«

»Falls du diese vertrackte Sache mit der Fahrradkette ansprichst«, unterbricht diesmal Papa mich. »So hat es mir einfach mehr Spaß gemacht.«

»Okay«, sage ich. »Es hat also nichts mit Jackie zu tun?«

Mein Vater schüttelt energisch den Kopf.

»Nicht im Entferntesten.«

Wir sehen uns an und drei Sekunden später prusten wir gleichzeitig los. Ich weiß, dass es gemein ist, aber eigentlich lachen wir ja nicht über meine Schwester und den Umstand, dass ich jetzt am Nesselsee zelten darf und sie nicht, sondern über die ganze Situation hier im Auto.

»Sie denkt, dass du bei Oma Brille bist«, erklärt Papa mir nun. »Nächstes Wochenende veranstalten wir dann das Gleiche mit ihr wie jetzt mit dir.«

»Oh ... Wow!«

Mann, da fällt mir aber ein Stein vom Herzen.

»Und was ist mit Niko und Evy?«

»Alles organisiert«, meint Papa lächelnd, vergewissert sich durch einen Blick in den Rückspiegel, dass die Straße hinter uns frei ist, und setzt den Van in Bewegung.

Das Gelände ist kaum wiederzuerkennen. Ein großer Teil des Waldes, der bis zum Ufer des Baggersees hinunterreichte, wurde gerodet, hier stehen nur noch vereinzelt ein paar Bäume. Brennnesseln und wildes Gestrüpp gibt es überhaupt nicht mehr, und auch der Maschendrahtzaun mit dem Loch, durch das wir früher geschlüpft sind, wurde durch einen stabilen Holzzaun ersetzt.

Papa stellt den Van auf einem großen Parkplatz ab, der inzwischen oberhalb der beiden kleineren Baggerseen angelegt worden ist.

Über einen breiten Fußweg erreichen wir nach wenigen Minuten einen großen Holzbogen, auf dem in dunkelgrünen Lettern der Schriftzug *NESSELBAD* prangt. An einem kleinen Eingangskiosk kauft Papa eine Dreiwochenkarte für das Zeltlager, mit der ich auch das im Preis enthaltene tägliche Essen im Imbiss bezahlen kann. Außerdem bekomme ich ein hippes buntes Loom-Armband.

»Daran erkennen unsere Mitarbeiter sofort, dass du zum Zeltlager gehörst«, erklärt mir der Kartenverkäufer, ein netter junger Typ mit Brille und Kinnbart. »Die Zufahrt zum Zeltplatz befindet sich allerdings auf der anderen Seite des Sees«, fügt er mit einem bedauernden Schulterzucken hinzu und beschreibt Papa geduldig den Weg dorthin. Zur besseren Orientierung gibt er uns noch einen Übersichtsplan und eine Infobroschüre mit.

»So ein Mist.« Ich will mich gerade umdrehen und hinter meinem Vater her zum Parkplatz zurückstapfen, als Blümchen und Yassi hinter dem Kiosk hervorspringen.

»Lilly! Lilly!«, rufen sie, stürzen auf mich zu und packen mich rechts und links am Handgelenk. »Du kommst gefälligst mit uns. Dann können wir dir schon mal alles zeigen.«

Hä?

»Wieso kennt ihr euch hier aus?«, frage ich verdattert.

»Nicht wir«, erwidert Blümchen und zeigt auf Yassi.

»Sie war gestern Nachmittag schon einmal zusammen mit Busra, Martin und ihrem Vater im Camp.«

»Mhm.« Yassi nickt eifrig. »Von außen sieht man es nicht gleich, aber du kannst mir glauben: Dieses Baggerseebad ist absolut obercool!«

Ich registriere den Glanz in ihren Augen und wie ein Funke springt ihre Fröhlichkeit auf mich über. Mit einem Mal rücken all die ärgerlichen und traurigen Ereignisse der letzten Tage in den Hintergrund und die Freude auf unsere Drei-Mädels-Zeit breitet sich wie ein wohliges Kribbeln in meinem ganzen Körper aus.

»Ich sag nur noch rasch meinem Vater Bescheid«, erwidere ich, doch Blümchen und Yassi ziehen mich energisch weiter.

»Nicht nötig«, meint Blümchen. »Es läuft alles nach Plan.«

»Ihr habt es so abgesprochen?«, stoße ich fassungslos aus. »Obwohl die Zufahrt zur Zeltwiese ganz woanders ist?«

»Leider konnte dein Vater mit unserer Beschreibung nichts anfangen«, meint Yassi achselzuckend. »Und da dachten wir, dass es wohl das Beste ist, wenn der Typ an der Kasse es ihm noch mal erklärt. Außerdem lernst du auf diese Weise schon gleich den ganzen Platz kennen.«

Und der ist wirklich phänomenal!

Nicht ein einziger Fleck ist gepflastert oder gar asphaltiert. Das gesamte Gelände besteht aus Wiese, Sand und Erde. Es gibt Büsche und Bäume, wie hingeworfen wirkende Steinwälle, aus denen bunte Blumen, Ranken und duftende Kräuter sprießen, und einen aufgeschütteten Dünensandstrand.

Wir überqueren verwinkelte Liegeflächen, eine riesige Spielwiese und einen Abenteuerspielplatz, der nur aus Naturmaterialien errichtet wurde, und laufen an einem Imbiss, einem Bistro und einem Eiscafé vorbei, bis wir nach gut zehn Minuten endlich einen Zeltplatz erreichen. Er ist terrassenförmig angelegt und befindet sich mitten im Wald.

»Schau mal dort drüben!«, ruft Blümchen und deutet auf eine Stelle, die mir trotz der ganzen Veränderungen irgendwie bekannt vorkommt.

»Ist das nicht der Baumstumpf, auf den Luis und Malte damals ihre Klamotten gelegt haben?«, überlege ich, während ich meinen Blick über die nahe gelegene Uferböschung bis zum See hinuntergleiten lasse.

»Würd ich mal wetten«, erwidert Blümchen und knufft mich in die Seite. »Mannomann, weißt du noch? Das war vielleicht ein Spaß!«

»Wollten wir das Thema Jungs nicht eigentlich für eine Weile zu den Akten legen?«, meldet sich Yassi grinsend zu Wort.

»Das machen wir«, verspricht Blümchen. »Und zwar sofort, nachdem wir dir über die dramatische Aktion Bericht erstattet haben«, fügt sie im Tonfall eines Feldwebels hinzu und schlägt sich mit der Handkante gegen die Stirn.

Und dann erzählen sie und ich abwechselnd, wie wir uns vor ungefähr einem Jahr genau an dieser Stelle an den beiden Jungs für einen hinterhältigen Wasserpistolenangriff gerächt haben.

»Eigentlich haben wir beide nicht geglaubt, dass Malte und Luis die Damenkleider wirklich anziehen würden«, schließt Blümchen glucksend. »Am Ende blieb ihnen aber gar nichts anderes übrig.«

»Du kannst dir gar nicht vorstellen, wie putzig die aussahen«, kichere ich in der Erinnerung an das Bild, das sich mir bis heute in den Langzeitspeicher eingebrannt hat. »Richtig süß.«

»Süß ... so, so!«, gickert Blümchen und schlägt scherzhaft nach mir.

»Wer hat dir denn besser gefallen?«

»Keiner von beiden«, brumme ich. »Und das weißt du auch.«

»Ja, allerdings.« Blümchen will sich gar nicht mehr einkriegen.

»Schluss jetzt!«, befiehlt Yassi. »Ab sofort reden wir nicht mehr über Jungs.«

»Och, Mensch. Gar nicht mehr?« Blümchen verdreht die Augen. »Das ist aber ganz schön schwierig.«

»Ich glaub, ich weiß, wie wir uns die Sache erleichtern können«, entgegnet Yassi, und wieder fangen ihre dunklen Augen vor Übermut an zu leuchten. »Sobald eine von uns mit dem Thema Jungs anfängt, zahlt sie fünfzig Cent in eine Dose. Und von dem Erlös gönnen wir uns am Ende der Zeltferien dann ein schönes dickes Gemeinschaftseis.«

»Gute Idee«, sage ich, Blümchen guckt allerdings ein wenig skeptisch.

»Na meinetwegen«, gibt sie schließlich nach, und wir schlagen ein.

Der Platz, den Blümchen und Yassi für unser Zelt ausgesucht haben, befindet sich ein ganzes Stück weiter oben auf einer kleinen Plattform, die zur Hälfte von Büschen umgeben ist und dadurch ziemlich kuschelig wirkt. Zwischen zwei jungen Bäumen ist eine Hängematte aufgespannt, die Busra und Martin organisiert haben. Ein Baumstumpf von mehr als einem halben Meter Durchmesser dient als Tisch, daneben liegen zwei abgesägte Buchenstämme, die wir als Sitzbänke benutzen können.

Die Zelte stehen nicht besonders dicht beieinander. Bis zu dem nächsten dunkelblauen Iglo zähle ich fünfzehn Schritte, alle anderen Zelte sind noch weiter entfernt und in keinem davon scheinen Leute zu sein.

»Die meisten sind wohl am Strand oder was essen gegangen«, meint Yassi, als sie meinen verwunderten Blick bemerkt. »Vor einer halben Stunde war hier definitiv noch mehr los.«

»Und?«, frage ich. »Habt ihr jemanden getroffen oder gesehen, den wir kennen? Zum Beispiel aus der Schule?«

»Nö.« Blümchen schüttelt den Kopf. »Nur ein paar Mädchen aus der Oberstufe, aber mit denen haben wir ja nichts am Hut.«

»Nee«, sage ich.

Solange die Pissnelken hier nicht auftauchen – und das wäre wirklich der Megagau –, ist mir alles andere ohnehin herzlich egal. Kristina, Marie und Annabelle sind sich aber garantiert zu fein zum Campen und wahrscheinlich längst auf dem Weg an die Côte d'Azur oder die italienische Adria. Dort haben sie nämlich schon in den vergangenen Jahren mit ihren Familien ihren Etepetete-Urlaub verbracht.

Ich will gerade fragen, wo die Duschen und Toiletten sind, da höre ich hinter mir ein Rascheln.

Ich fahre herum und sehe Papa, der mit dem Zeltsack auf der rechten Schulter und einer Sporttasche in der linken Hand auf uns zugelaufen kommt. Ihm folgen Busra und ein kräftiger junger Typ mit blonden Haaren und blitzenden blauen Augen. Beide tragen Jeans, Turnschuhe und gelbe T-Shirts mit dem grünen ✻NESSELBAD✻-Aufdruck und beide sind genauso beladen wie mein Vater.

»Hallo, Lilly!«, begrüßt Busra mich. »Schön, dass du ebenfalls mit von der Partie bist.« Sie deutet auf den blonden Typen. »Darf ich vorstellen: mein Freund Martin.«

»Hey.«

Er schenkt mir ein Lächeln und seine blauen Augen blitzen noch mehr.

Obwohl die beiden eigentlich kaum Ähnlichkeit miteinander haben, erinnert Martin mich spontan an Jonas, und wieder einmal ärgere ich mich darüber, dass Jackie letztendlich doch nicht mit ihm zusammengekommen ist. Jungs hin oder her, was Jonas betrifft, habe ich den Eindruck, dass er einen weitaus besseren Einfluss auf meine Schwester hätte als Niko oder Evy. Aber das ist allein Jackies Bier. Ich werde mich ganz bestimmt nicht mehr in ihre Angelegenheiten einmischen. Dass ich sie meiner Mutter gegenüber in Schutz genommen habe, muss genügen. Sie wird es vermutlich eh nie erfahren, geschweige denn, es mir jemals danken.

Abgesehen davon habe ich selber nun wirklich genug am Hals und brauche dringend eine kleine Verschnaufpause.

Doch die ist mir leider nicht vergönnt.

Nachdem Yassi, Blümchen und ich mit Papas, Busras und Martins Hilfe unsere beiden Zelte (eins zum Schlafen und eins als Gepäcklager) aufgebaut und ein Erdloch zum Kühlen unserer Getränke (sechs Flaschen Wasser und je zwei Flaschen Apfelschore und Cola) gegraben haben, verabschieden sich die drei Erwachsenen.

Ich verspreche meinem Vater, bis morgen meine Liste fertig zu machen. Mama soll mich dann anrufen und alles notieren und er will mir die gewünschten Sachen bis spätestens Dienstag vorbeibringen.

Es ist ein komisches Gefühl, ihn zwischen den Bäumen verschwinden zu sehen und zu wissen, jetzt erst mal auf mich allein gestellt zu sein.

Klar, Blümchen und Yassi sind bei mir und Busra, Martin und vier weitere junge Leute werden die ganzen drei Wochen immer in der Nähe sein. Trotzdem wird mir bei der Vorstellung, die nächsten einundzwanzig Nächte im Wald verbringen zu müssen, ein bisschen schaurig zumute.

»Wir sehen uns heute Abend vor der Gemeinschaftshütte«, sagt Busra, bevor sie und Martin sich ein paar weiteren Neuankömmlingen widmen, die am Eingang zum Zeltplatz auf sie warten. »Und wenn was ist, meldet euch bitte«, ermahnt sie uns und tippt auf das Handy in ihrer Hosentasche. »Ich bin rund um die Uhr erreichbar.«

»Okay, Mädels, dann mal nix wie los zum Strand!«, fordert Blümchen uns auf, kaum dass Busra und Martin außer Sichtweite sind.

»Ich muss zuerst was essen«, stöhne ich. »Mir ist schon ganz schwummerig.«

»Und ich muss dringend aufs Klo«, erwidert Yassi.

»Das kannst du unterwegs erledigen«, bestimmt Blümchen. »Dann sieht Lilly gleich, wo die Waschräume sind. Und im Imbiss holen wir uns dann irgendwas, das wir mit an den See hinunternehmen und auf unseren Matten futtern können.«

Yassi und ich sind sofort einverstanden, und so huschen wir zu dritt in unser Gepäckzelt, in dem wir uns blitzschnell unsere Badeanzüge anziehen. Meiner ist orange und hat über der Brust einen pinkfarbenen Blockstreifen und Blümchens leuchtet in einem knalligen Türkis und ist über und über mit bunten Schmetterlingen bedruckt. Am hübschesten finde ich allerdings Yassis. Er ist einfach schlicht grasgrün und hat rechts und links auf den Hüften eine kleine Rüsche, die bei jedem Schritt auf- und abwippt.

Wir ziehen die Reißverschlüsse der Zelte zu, schlüpfen in unsere Turnschuhe, schnappen uns Handtücher, eine Luftmatratze, unsere Portemonnaies und Handys und marschieren los.

Die Waschräume und Toiletten liegen ungefähr hundert Meter von unserem Platz entfernt und von dort aus kann man auch die Gemeinschaftshütte sehen.

»Dort gibt es jeden Abend zwischen sechs und acht Uhr ein kaltes Buffet«, erzählt Yassi. »Manchmal werden auch Würstchen gegrillt oder Stockbrot über dem Feuer gebacken.«

Sie drückt mir ihre Sachen in die Hand und verschwindet auf dem Klo. Ungefähr drei Sekunden später meldet mein Handy den Eingang einer SMS.

»Oh, oh!«, kichert Blümchen. »Wenn die mal nicht von Luis ist!«

»Gratuliere! Das sind die ersten fünfzig Cent für unsere Eisdose«, gebe ich schlagfertig zurück.

Gleichzeitig verfluche ich mich dafür, dass ich nicht daran gedacht habe, meinen Handyton stumm zu stellen.

»Nicht, wenn du Yassi nichts davon sagst«, erwidert Blümchen ebenso schlagfertig. »Und dann erzähle ich ihr auch nicht, dass du tatsächlich mit Luis verabredet warst.«

»Das ist nicht fair«, sage ich.

Und zwar in keinerlei Hinsicht.

Eigentlich wäre es allmählich an der Zeit für mich, endlich reinen Tisch zu machen, aber das würde auch mich fünfzig Cent kosten. Mindestens! Ich könnte mir nämlich sehr gut vorstellen, dass Yassi und Blümchen zusätzlich noch eine Schwindelgebühr von mir verlangen.

Außerdem haben wir schließlich verabredet, nicht über Jungs zu reden. Und daran sollte sich jede von uns halten, finde ich. Denn sonst ist ja der schönste Schwur nichts wert.

»Wenn du so weitermachst, bist du bald pleite«, setze ich hinzu, und einen Atemzug später kommt Yassi auch schon wieder und das Thema hat sich erledigt.

Am Strand und auf der Liegewiese ist mittlerweile der Teufel los, ebenso auf der großen Terrasse vor dem Imbiss.

»Ich bin für Falafel, Brot und ein paar Dips«, sagt Blümchen.

»Okay, dann kannst du das ja besorgen«, brumme ich, ein wenig genervt davon, dass sie offenbar beschlossen hat, sich als unsere Chefin aufzuspielen. »Yassi und ich halten derweil nach einem schönen Platz am Seeufer Ausschau.«

»Ach ja«, blafft Blümchen mich an. »Und wie finde ich euch?«

»Es funktioniert sowieso nicht«, hält Yassi dagegen. »Wir müssen unsere Armbänder vorzeigen und die Kassiererin braucht unsere Karten für den Scanner, sonst kriegen wir keine drei Portionen.«

»Wieso? Deine Eltern wissen doch, dass wir zu dritt sind«, erwidere ich.

»Mama und Papa liefern das Essen ja nur«, stellt Yassi klar. »Und das ist schon stressig genug. Wenn Akin, Fuat und Tarik nicht aushelfen würden, könnten sie das überhaupt nicht stemmen.«

»Echt?«, quietscht Blümchen. »Die F.A.T. wurde zum Arbeiten verdonnert?«

»Sie machen es freiwillig«, stellt Yassi klar. »Drei bis höchstens vier Stunden am Tag. Und natürlich werden sie dafür bezahlt. Meine Eltern geben ihnen sechs Euro die Stunde.«

»Eigentlich cool«, meint Blümchen. »Das sind mindestens achtzehn Euro täglich. Da kann man eine Menge sparen und sich was richtig Tolles kaufen.«

»Leute, wenn ich nicht bald eine Happen in den Magen bekomme, sterbe ich«, stöhne ich und lasse die Luftmatratze und mein Handtuch zu Boden fallen.

Blümchen dreht ihre Augen dreimal im Kreis herum und stöhnt ebenfalls, aber Yassi hat zum Glück Erbarmen mit mir.

»Setz dich hin«, sagt sie und deutet auf die Luftmatratze. »Gib mir deine Karte. Wir bringen dir deine Portion mit.«

»Ich möchte aber lieber Frikadellen«, jaule ich, während ich auf die Matratze sinke und mir den Unterarm in den Bauch drücke. »Und Pommes.«

»Kein Problem.« Yassi lächelt mich mitfühlend an. »Hol ich dir.«

»Danke«, seufze ich, zücke meine Karte und reiche sie ihr.

Ich warte, bis meine Freundinnen in der Imbissbude verschwunden sind, dann hole ich sofort mein Handy hervor und aktiviere die Anrufliste.

Insgesamt sind drei SMS eingegangen, alle vom gleichen Absender, der allerdings nicht Luis heißt.

Ein dummes und absolut überflüssiges Gefühl der Enttäuschung breitet sich in mir aus. Wütend auf mich selbst, öffne ich die erste ungelesene Nachricht.

Ich verstehe dich nicht. Bitte lass uns treffen!

Verständnislos schüttele ich den Kopf. Mit dieser Botschaft kann ich echt nichts anfangen, also hole ich die nächste aufs Display.

Ich mag dich, kamilla. Bitte glaub mir doch!

Aha! So langsam geht mir ein Licht auf. Die SMS müssen von Jakob sein. Wahrscheinlich weiß er nicht, dass Blümchen unter dieser Nummer nicht mehr zu erreichen ist. Und tatsächlich bestätigt die letzte Nachricht meine Vermutung.

Sag mir deine adresse und ich komm zu dir. Lass uns bitte über alles reden. (jake)

»Sturkopf«, murmele ich, und damit meine ich natürlich nicht ihn, sondern Blümchen.

Ganz automatisch tippe ich auf ANTWORTEN.

Bin zum zelten am nesselsee.

Und schwupps befindet sich die SMS im Cyberspace.

Mir ist absolut klar, dass ich damit sämtliche Regeln mitsamt unserem Schwur breche, aber ich weiß auch, dass ich das einzig Richtige getan habe. Wenn man einen Braten zu lange im Ofen lässt, wird er ungenießbar, was nicht nur für Yassi gegolten hätte, sondern auch auf alle anderen zutrifft. Inklusive Blümchen.

Mit einem zufriedenen Gefühl im Herzen schalte ich

mein Handy aus. Ich hebe den Blick, schaue zum See hinunter – und erstarre.

Im ersten Moment glaube ich, meinen Augen nicht trauen zu können, doch im zweiten bin ich mir hundertprozentig sicher.

Die beiden, die dort gerade nebeneinander aufs Ufer zulaufen sind Luis und Annabelle.

Tabu oder nicht tabu?

»Mann, du bist ja schon aschfahl im Gesicht!«, platzt es aus Blümchen heraus, als sie und Yassi, beladen mit Pommes, Frikadellen, Falafel, türkischem Brot und Auberginendip, aus dem Imbiss kommen.

»Ich bin ja auch so gut wie tot«, murmele ich, während ich mich nach Leibeskräften darum bemühe, meine zitternden Knie zur Ruhe zu bringen. Leider ohne Erfolg.

Yassi gibt mir zuerst meine Karte und dann eine Frikadelle in die Hand und setzt sich anschließend neben mich auf die Luftmatratze.

»Am besten wir essen gleich hier«, meint sie und mustert mich besorgt. »Sonst klappst du uns tatsächlich noch zusammen.«

Ja, aber nicht vor Hunger, sondern wegen einer Mischung aus Wut, Entsetzten, Ekel und einem fiesen Ziehen in der Brust, von dem ich mir wünsche, dass es ganz schnell wieder verschwindet.

Beinahe widerwillig beiße ich in die Frikadelle und sofort ballt sich mein Magen zu einer festen Kugel zusammen.

»Die Pissnelken sind hier«, presse ich hervor. »Ich glaube, ich habe Annabelle gesehen.«

»Annabelle?« Blümchen blinzelt gegen das Sonnenlicht an und sieht mit zusammengekniffenen Augen zum See hinunter. »Wo?«

»Sie ist da irgendwo zwischen den Dünen verschwunden«, sage ich und mache eine unbestimmte Geste in Richtung Ufer.

»Allein?«, fragt Yassi

Ich schüttele den Kopf.

Ihr Blick brennt Löcher in mein Gehirn. Ich weiß genau, was sie mich am liebsten fragen würde. Aber das Thema Jungs ist ja nun mal tabu.

Hastig beiße ich ein weiteres Mal in meine Frikadelle und diesmal geht das Hinunterschlucken schon leichter. Ich bin froh, dass ich Yassi nicht wieder anlügen musste und dass Blümchen mein Kopfschütteln nicht bemerkt hat.

»Dann gehen wir am besten woanders schwimmen«, sagt sie. »Ich habe nämlich keine Lust, mir von den Pissnelken die Ferien verderben zu lassen.«

Dem können Yassi und ich nur zustimmen und so laufen wir nach dem Essen die halbe Strecke zum Zeltlager zurück und finden unterwegs ein schattiges Plätzchen neben einem blühenden Strauch für unsere Habseligkeiten.

»Hoffentlich beklaut uns niemand«, sagt Yassi, nachdem auch Blümchen ihr Smartphone ausgeschaltet hat.

»Ach, ohne die PIN kann doch sowieso kein Fremder etwas mit den Handys anfangen«, wiegelt Blümchen ab. »Im Zelt wären sie und unser Geld ja auch nicht wirklich sicher gewesen.«

»Oder wir gehen immer nur zu zweit zum Baden«, schlägt Yassi vor.

»Und eine soll hierbleiben und auf den Kram aufpassen?«, gibt Blümchen unwillig zurück.

»Ich weiß, was wir machen«, sage ich und deute auf die große schwimmende Holzinsel, die mitten im Baggersee verankert ist. »Wenn wir dort unser Lager aufschlagen, haben wir alles viel besser im Blick.«

»Das ist zu weit«, erwidert Yassi. »Das schaffe ich niemals. Ich kann leider nicht besonders gut schwimmen.«

»Kein Problem«, mache ich ihr Mut. »Du legst dich auf die Luftmatratze und passt auf, dass unsere Sachen nicht ins Wasser fallen. Und Blümchen und ich ziehen dich.«

Es ist ein verdammt anstrengendes Unterfangen, und wir sind mehr als zweimal drauf und dran aufzugeben, doch jedes Mal, wenn Blümchen oder ich schlappzumachen drohen, feuert Yassi uns aufs Neue an, und so erreichen wir nach einer halben Ewigkeit schließlich doch die schwimmende Insel, die bereits von einigen Jugendlichen bevölkert ist.

»Ich kann nicht mehr«, japst Blümchen und hängt sich zum Verschnaufen an die Leitersprossen. Kurz darauf zieht sie sich am Geländer hoch und sinkt ächzend und stöhnend auf der Plattform zu Boden.

Unterdessen gleitet Yassi von der Luftmatratze ins Wasser.

»Geh du vor«, sagt sie. »Ich reiche dir dann unsere Sachen.«

»Okay.« Mit zitternden Fingern umfasse ich das Geländer und steige ein Stück die Leiter hinauf.

Meine Muskeln fühlen sich wie ausgeleierte Gummibänder an, meine Arme sind bleischwer und ich kann mich kaum aufrecht halten. Plötzlich fällt ein Schatten über mich und jemand streckt mir seine Hand entgegen.

»Darf ich dir helfen?«, fragt Fuat.

»Ähm ... was?«

Verdattert starre ich ihn an.

»Du mir geben deine Hand, ich dich ziehe hoch an Land«, erwidert er grinsend. »Das Gleiche gilt natürlich auch für Yasemin und euren Kram.«

»Lass uns bloß in Ruhe!«, faucht Blümchen. »Das hier ist eine Mädelsveranstaltung. Und Yassi fasst du ganz bestimmt nicht an.«

»Eine Mädelsveranstaltung?«, wiederholt Fuat kopfschüttelnd. »Wie langweilig.«

»Überhaupt nicht!«, knurrt Blümchen. »Im Gegenteil! Wir ...«

Ehe sie ihm die Vorzüge unserer Mädchen-untersich-Aktion vor Augen führen kann, ergreife ich Fuats Hand und lasse mich von ihm auf die Plattform ziehen.

»Du hilfst uns ja nicht«, raune ich Blümchen zu. »Ich bin nämlich auch fix und fertig.«

»Pfff«, macht sie. »Der soll bloß nicht denken, dass wir gleich zusammen Spaß haben werden.«

»Mit dir bestimmt nicht«, brummt Fuat, der nun die Leiter hinuntersteigt und unser Zeug von Yassi entgegennimmt.

Nacheinander wandern unsere Handtücher, die Portemonnaies, die Handys und zu guter Letzt auch die Luftmatratze auf die Schwimminsel.

»Danke, das ist total nett von dir, aber ich schaff das schon«, meint Yassi, als Fuat ihr ebenfalls die Leiter hinaufhelfen will. »Ich bin noch fit, weil Lilly und Kamilla mich auf der Matratze über den See gezogen haben.«

»Mhm.« Wieder grinst Fuat, diesmal fällt es allerdings eine Spur verlegener aus. »Hab ich gesehen.«

»Ja, ja«, murrt Blümchen. »Wie immer steht sie unter eurer Beobachtung.«

»Apropos eurer«, sage ich. »Wo sind eigentlich deine beiden Kumpels?«

»Die wollten noch eine Weile in der Stadt abhängen«, erwidert Fuat. »Und übrigens«, fährt er an Blümchen gewandt hinzu, »Yasemin steht nicht unter Beobachtung. Jedenfalls nicht so, wie du denkst.«

»Das habt ihr mir letztens schon mal zu verklickern versucht«, entgegne ich.

»Stimmt ja auch«, erwidert er trotzig. Sein Blick gleitet zu Yassi und dann sofort wieder zu mir. »Wieso glaubt ihr das nicht?«

Blümchen zuckt die Achseln. »Wieso sollten wir?«

Yassi tippt Fuat flüchtig gegen die Schulter und er zuckt unter dieser Berührung merklich zusammen.

»Ich glaub dir«, sagt sie leise, ohne ihn anzusehen.

Dann schnappt sie sich ihr Handtuch, breitet es aus und setzt sich darauf.

Blümchen guckt von einem zum anderen.

»Was geht denn hier ab?«, will sie wissen.

»Gar nichts«, sage ich und verpasse ihr einen kräftigen Stoß, sodass sie über den Rand der Plattform ins Wasser hinunterfällt.

Ich springe sofort hinterher.

»Der ist in sie verknallt!«, ruft Blümchen, als wir beide wieder aufgetaucht sind.

»Schrei noch lauter«, zische ich.

»Und du bist verrückt, mich einfach von der Kante zu stoßen!«

»Ich weiß«, sage ich, schubse ihr einen Schwall Wasser ins Gesicht und kraule eilig davon.

Blümchen verfolgt mich, packt mich an den Beinen und zieht mich unter Wasser.

Wir rangeln und bespritzen uns, bis wir abermals völlig fix und alle sind. Dann schwimmen wir wie zwei lahme alte Enten zur Plattform zurück, kämpfen uns die Leiter hoch und lassen uns bäuchlings auf unsere

Handtücher fallen, die Yassi netterweise für uns ausgebreitet hat.

Fuat ist nicht mehr da.

»Sie müssen noch ihr Zelt aufbauen«, sagt Yassi auffällig beiläufig, als sie unsere fragenden Blicke bemerkt.

»Och nö!«, jault Blümchen. »Die sind auch hier?«

Yassi nickt. »Aber nur die ersten beiden Wochen.«

»Wie tröstlich«, brummt Blümchen.

Ich zwinkere Yassi verstohlen zu, woraufhin sie augenblicklich die Farbe einer vollreifen Tomate annimmt.

»Den Mädelsurlaub können wir uns wohl abschminken«, setzt Blümchen hinzu. Ihrer Stimme ist nicht anzumerken, ob sie das begrüßt oder bedauert.

»Dramatisier das Ganze mal nicht«, gebe ich zurück. »Fuat hat uns nur geholfen. Das fand ich sehr nett. Außerdem kann er sich ja nicht in Luft auflösen. Und abgesehen davon, hängen hier auf der Plattform sowieso mehr Jungs als Mädchen ab.«

Zugegebenermaßen sind die meisten von ihnen allerdings entweder sehr viel jünger oder wesentlich älter als wir.

»Das macht fünfzig Cent für die Dose«, kommt es von Blümchen.

»Vergiss deine nicht«, schieße ich zurück.

Yassi runzelt die Stirn.

»Sie hat das Tabu-Thema vorhin, als du auf dem Klo warst, auch schon mal angeschnitten«, erkläre ich ihr.

»Petze«, zischt Blümchen.

Sie wirft mir einen finsteren Blick zu und wechselt mit ihrem Handtuch vom harten Holzbohlenboden auf die weiche Luftmatratze.

»Nicht streiten«, wispert Yassi mir zu. »Bitte!«

Ich drücke kurz ihre Hand, dann bette ich den Kopf auf meine Unterarme und schließe die Augen.

Sofort tauchen Luis und Annabelle vor mir auf und mit ihnen ist auch das Ziehen in meiner Brust wieder da. Hastig wische ich die nervigen Bilder beiseite und beginne mich zu fragen, ob Annabelle wohl allein mit Luis hier ist und Kristina und Marie womöglich gar nichts davon ahnen, dass ihre Drillingsnelke heimlich mit einem Jungen ins Freibad geht. Der Name Luis stand jedenfalls nicht auf ihrer bescheuerten Liste. Alle drei favorisieren Fuat. Aber der mag ja wohl eindeutig Yassi. Ach, Mensch, wie gerne würde ich genau DAS den Pissnelken vor Augen führen. Ich glaube, das würde sogar gegen das blöde Ziehen in meinem Herzen helfen.

Eine halbe Stunde später brennt uns die Sonne derart auf den Pelz, dass wir beschließen, die Plattform zu verlassen und zum Zeltplatz zurückzukehren.

Diesmal lässt Yassi sich nicht auf der Luftmatratze kutschieren, sondern hilft uns, sie mitsamt unseren Habseligkeiten über den See zu bugsieren. Sie macht das sehr gut und für Blümchen und mich ist es so dann auch gleich viel weniger anstrengend.

»Ich wusste wirklich nicht, dass ich mich so lange über Wasser halten kann«, entschuldigt Yassi sich, als wir wieder festen Boden unter den Füßen haben. »Aber zusammen mit euch und der Luftmatratze als Rettungsanker habe ich mich total sicher gefühlt.«

»Trotzdem suchen wir uns morgen lieber einen anderen Platz in den Dünen«, schlage ich vor.

Blümchen nickt.

»So vermeiden wir es dann auch, gewissen Leuten zu begegnen«, meint sie, und ein bedeutungsvolles Grinsen zupft an ihren Mundwinkeln.

»Ja, aber nur vielleicht«, entgegne ich, hin- und hergerissen zwischen Bangen und Hoffen.

Ersteres betrifft Luis und das Zweite Jakob. Wenn der nämlich tatsächlich hier auftaucht, sollte er Blümchen auch finden. Das könnte sich in den Dünen jedoch als schwierig erweisen. Ich beschließe, mir dennoch keinen Kopf zu machen. Mehr Schicksal als mit meiner SMS an ihn will ich nun echt nicht spielen.

Schweigend laufen wir zu unseren Zelten zurück, wo wir die nächste Überraschung erleben. Denn es liegt jemand in unserer Hängematte.

»Was machst du denn hier?«, rufe ich und stürze sofort auf sie zu.

»Ich hab dir dein Fahrrad gebracht.« Oma Brille hebt ihren Kopf und sieht mich lächelnd an. »Und jetzt zieh dir erst mal den nassen Badeanzug aus, ich muss dir dringend etwas erzählen.«

Mir ist nicht ganz klar, was das eine mit dem anderen zu tun hat, aber das äußere ich besser nicht. Vermutlich hat meine Großmutter einfach bloß Angst, dass ich mich verkühlen könnte, und daran möchte sie natürlich nicht schuld sein.

Also folge ich Yassi und Blümchen in unser Gepäckzelt, tausche den Badeanzug gegen Shorts und Top und wickle mir ein trockenes Handtuch um den Kopf.

»Habt ihr denn gar keine Wäscheleine?«, fragt Oma Brille, als ich wieder nach draußen trete und das nasse Zeug über ein paar Zweigen ausbreite.

Die Missbilligung ist ihr deutlich anzuhören.

»Ach, Oma«, sage ich. »Das ist erst mal ganz okay so. Papa muss mir ohnehin noch ein paar Sachen bringen. Wo steht denn das Fahrrad?«, erkundige ich mich. »Und wie hast du hierher gefunden?«

»Yasemins Schwester hat mich durch den Dschungel geführt«, erwidert sie augenzwinkernd. »Sie war zufälligerweise gerade vorne am Eingang und hat mir auch den Unterstand für die Fahrräder gezeigt. Deins findest du gleich neben denen von Kamilla und Yasemin«, erklärt sie mir, während sie sich langsam aufsetzt und die Füße über den Rand der Hängematte schwingt.

»Perfekt«, freue ich mich. »Und superlieb von dir. Aber wie kommst du denn nun wieder zurück?«, frage ich besorgt. »Doch nicht etwa zu Fuß!«

»Mein liebes Kind, es sind gerade einmal vier Kilometer bis zu mir in die Rosenstraße«, bemerkt Oma Brille spitz. »Das werde ich ja wohl noch hinbekommen.«

»Ja, klar«, beeile ich mich, ihr beizupflichten. »Ich dachte nur, dass Herr Semmelfein dann viel zu lange allein ist und Tante Elfriede ihn wieder …«

»Da mach dir mal keine Gedanken«, fällt meine Großmutter mir ins Wort. »Herr Semmelfein ist sehr gut aufgehoben.«

»Ach ja …?« Und wo?, will ich eigentlich fragen, doch Oma Brille unterbricht mich gleich noch einmal.

»Der gute alte Herr ist übrigens kerngesund.«

»Wa…?« Mir bleibt der Mund sperrangelweit offen stehen. »A-a-aber …«, stottere ich, gleichzeitig schießen Blümchen und Yassi wie zwei Pfeile aus dem Gepäckzelt heraus.

Drei Augenpaare starren meine Großmutter ungläubig an.

»Die Laborproben sind vertauscht worden«, sagt Oma Brille.

»U-und was ist mit der Ultraschalluntersuchung?«, stammele ich, während mein Herz vor Freude einen Salto schlägt. – Hab ich es nicht gewusst!

»Bei Herrn Semmelfein liegen die Organe seitenverkehrt«, erklärt meine Großmutter. »Was die Assistenzärztin für die Leber hielt, war eigentlich der Magen.«

Ähm, ich glaube, ich kann nicht ganz folgen.

»Heißt das, Herr Semmelfein hat eigentlich Magenkrebs?«, hake ich vorsichtig nach.

Oma Brille schüttelt den Kopf. »Der angebliche Tumor war wahrscheinlich ein Knochen, den der dumme Kerl am Stück verschlungen hat.«

Oje! Oje!

»Und das ist nicht gefährlich?«, fragt Blümchen besorgt.

»Nein, bloß schwer verdaulich.« Meine Großmutter streckt mir ihre Hand entgegen, damit ich ihr aus der Hängematte helfen kann. »Zum Glück haben Hunde ziemlich aggressive Magensäfte. Die haben den Störenfried mittlerweile in seine Bestandteile aufgelöst. Und damit die Fragerei ein Ende hat: Ja, ich war heute Vormittag noch einmal mit ihm beim Arzt. Es ist alles in Ordnung, mein Engel«, setzt sie hinzu, nimmt mein Gesicht in ihre Hände und drückt mir einen Kuss auf die Stirn. »Und das ist noch nicht alles ...«, fährt sie mit einem geheimnisvollen Lächeln fort. »Es ist sehr gut möglich, dass Herr Semmelfein auf seine alten Tage Vater wird.«

»Nein!«, entfährt es Blümchen, Yassi und mir im Chor.

»Doch!«, bekräftigt Oma Brille lachend.

»Etwa die Pudeldame?«, frage ich.

Meine Großmutter nickt.

»Milky heißt die Gute und ihr Herrchen trägt den Namen Konrad Horstedt. Er ist ein ausgesprochener

Hundefreund und passt sehr gerne mal auf Herrn Semmelfein auf«, erzählt sie.

»Aha«, schlussfolgere ich. »Dann ist er jetzt also im Veilchenweg.«

»Ganz genau«, bestätigt Oma Brille und stupst mich gegen die Nase. »Und weil aller guten Dinge bekanntlich drei sind, gibt es noch eine Neuigkeit zu berichten.«

Erwartungsvoll sehe ich sie an.

»Wenn Milky tatsächlich trächtig ist, werde ich einen der Welpen nehmen«, fährt sie fort. »Dann hat Herr Semmelfein Gesellschaft und außerdem …« Sie bricht kurz ab und scheint zu überlegen, wie sie es am besten ausdrücken soll, dabei ist mir eh klar, was sie sagen will. »Na ja, jedenfalls wären Brotbäckchen und ich im Falle eines Falles nicht plötzlich ganz allein.«

»Oh, Oma Brille!«, jubele ich und fliege ihr um den Hals. »Das ist aber wirklich eine ganz schön kluge Entscheidung!«

Blümchen, Yassi und ich begleiten Oma Brille noch zum anderen Eingangstor am Ende des Zeltplatzes zurück. Unterwegs unterhalten wir uns darüber, dass Hunde nicht nur richtig gute Kameraden, sondern auch der beste Schutz gegen Einbrecher sind.

»Vorausgesetzt, ihr Gehör funktioniert noch«, spiele ich auf Herrn Semmelfeins Taubheit an.

Oder sie sind nicht so hysterisch wie Tante Elfriedes Henriette, die gleich bei jedem Pups ausflippt. Was den Spuk in Oma Brilles Haus betrifft, waren sie jedenfalls alle beide nicht besonders hilfreich.

Nachdem meine Großmutter mir versichert hat, dass es seit Andy Borgs mysteriöser Gesangseinlage keine unerklärlichen Vorkommnisse mehr gegeben habe, verabschieden wir uns von ihr und machen uns auf den Weg zur Gemeinschaftshütte.

Inzwischen ist es kurz nach sechs und schon von Weitem zieht uns der Duft von Grillwürstchen in die Nase. Aus einigen der anderen Zelte schlüpfen nun ebenfalls Jugendliche und setzen sich in Richtung Hütte in Bewegung. Die meisten sind älter als wir und nur einige wenige kennen wir von der Schule oder vom Sehen aus der U-Bahn.

»Wenn noch mal so was Merkwürdiges passiert, sollte deine Oma lieber die Polizei einschalten«, findet Yassi.

»Das macht sie nicht«, entgegne ich. »Niemals. Der Axtmörder höchstpersönlich könnte direkt vor ihr stehen ...«

»Du schon wieder mit deinem Axtmörder!«, stöhnt Blümchen. »Jetzt hör aber mal auf! Diese Typen gibt es doch nur in schlechten Filmen.«

»Es sollte ja auch bloß ein Beispiel dafür sein, wie krass Oma Brille drauf ist«, erwidere ich. »Egal, worum es geht, immer versucht sie erst mal, alles selber zu regeln.«

»Okay, und was würde sie im Falle eines ähm ... *Axtmörders* tun?«, fragt Yassi höchst interessiert.

»Tja ... also ...«, überlege ich. »Wahrscheinlich würde sie ihm sagen, dass im Kühlschrank noch gebratene Hähnchenkeulen sind, und ihm dann eins mit dem Nudelholz oder einer Bratpfanne überziehen.«

»Hahaha!«, lacht Yassi los. »Deine Oma ist echt cool!«

»Meine Mutter findet sie eher stur«, gebe ich grinsend zurück. »Wegen dieser komischen Spukerei mache ich mir allerdings keine großen Sorgen. Ich bin mir nämlich ziemlich sicher, dass Tante Elfriede und Oma Brilles fieser Nachbar dahinterstecken.«

»Deine Großtante kenne ich ja nicht so gut, aber diesem bescheuerten Herrn Cornils traue ich alles zu.« Blümchen ballt die Fäuste. »Man müsste ihnen eine Falle stellen.«

»Darüber habe ich auch schon nachgedacht«, erwidere ich. »Ich hab sogar einen Wunderspruchzettel gezogen.«

»Und?«, fragt Blümchen belustigt. »Was empfiehlt dir der große Haushaltstipp-Manitu?«

»Ein Freund in der Not ist besser als ein Sahnehäubchen auf deiner Käsestulle«, rattere ich möglichst schnell und undeutlich herunter.

Blümchen versteht es trotzdem auf Anhieb und schüttelt energisch den Kopf.

»So ein Quatsch! Ehrlich, Lilly, du solltest diese Kiste

feierlich verbrennen. Wir sind mittlerweile doch viel zu alt für so was.«

Ich nicht, will ich schon antworten, stattdessen beiße ich mir auf die Zunge. Auch wenn ich es mir nicht gerne eingestehe, aber Blümchen hat recht. Die Wundersprüchebox ist ein Relikt aus dem vorigen Jahrhundert. So nützlich die Sprüche früher auch waren, in letzter Zeit haben sie mich echt nicht sonderlich weitergebracht. Wahrscheinlich wäre es tatsächlich das Beste, wenn ich mich endlich von meiner geliebten Box verabschiede. Verbrennen werde ich sie jedoch ganz bestimmt nicht!

Plötzlich bleibt Blümchen wie angewachsen stehen.

»Ach, du schöne Sch... da hocken sie!«, bricht es aus ihr hervor.

Inzwischen haben wir die Gemeinschaftshütte erreicht. Sie befindet sich auf einer Lichtung und präsentiert uns ihre Rückseite. Daneben ist eine lange Tafel aus aneinandergereihten Tischen und Holzbänken aufgebaut, an der mindestens zwanzig Jugendliche sitzen.

»Wen meinst du?«, frage ich, da entdecke ich sie ebenfalls.

»Die Pissnelken und die Tabu-Dinger«, sagt Blümchen. »Oder wie auch immer ich sie nennen darf, ohne sofort wieder einen halben Euro berappen zu müssen.«

»Ihre Namen sind okay«, entgegnet Yassi. »Das finde ich jedenfalls immer noch besser als Tabu-Dinger.«

Sie hat es noch nicht ganz ausgesprochen, als dicht hinter uns ein Zweig knackt.

Wie einstudiert wirbeln wir alle drei gleichzeitig herum. Im nächsten Moment krallt Blümchen mir ihre Fingernägel in den Arm.

»Was machst du denn hier?«, platzt es aus ihr heraus.

»Sorry, aber das ist keine besonders intelligente Frage«, erwidert Jakob.

Obwohl er jetzt raspelkurze Haare hat und sein Gesicht ein wenig kantiger geworden ist, erkenne ich ihn sofort.

»Du bist ja echt nett!«, faucht Blümchen ihn an. »Tauchst einfach so aus dem Nichts auf, nur um mich zu beleidigen?«

Jakob runzelt die Stirn.

»Ne, ne«, sagt er. Verunsichert wandert sein Blick zu mir, dann auf Blümchens Krallenhand in meinem Arm und schließlich wieder zu ihr. »Du hast mir doch geschrieben, wo du bist. Und da dachte ich … Da habe ich gehofft, dass du mich …«

»Das habe ich dir ganz bestimmt nicht geschrieben!«, fährt Blümchen dazwischen.

Sie hört auf zu atmen und dann guckt sie mich an.

Augenblicklich wird mir glühend heiß – vom Kopf bis zu den Fußsohlen. Und trotzdem: Auch wenn Blümchen mich gleich todsicher ermorden wird, weiß ich, dass ich alles richtig gemacht habe.

»Ich war das«, sage ich und sehe Jakob fest in die

Augen. »Sie hat dich gern ... nur deswegen macht sie so ein Theater.«

»Das ist doch gar nicht wahr!«, blökt Blümchen.

»Doch, ist es«, bekomme ich Unterstützung von Yassi.

»Ich bringe euch um«, haucht Blümchen. »Alle beide.«

»Würd ich lieber nicht tun«, meint Jakob. »Könnte sein, dass du sie noch brauchst ... Oder ich.« Er macht einen Schritt auf uns zu und fasst nach Blümchens freier Hand. »Und jetzt komm, lass uns mal normal miteinander reden ... Ich hab dich nämlich auch gern. Sehr sogar.«

Großes Pissnelkenfinale

»Puh, das ist ja noch mal gut gegangen«, sagt Yassi und spreizt ihre Finger zum Victory-Zeichen. »Anstatt uns alle zu ermorden, hat Blümchen sich für die Liebe entschieden.«

»Das glaube ich erst, wenn ich es sehe«, brumme ich.

»Lilly!« Yassi schaut mich durchdringend an. »Die beiden sind Hand in Hand losmarschiert. Ich finde, das sagt alles.«

Ich schüttele unwillig den Kopf. »Das kann man bei Blümchen nie wissen.«

»Und bei dir?«, erkundigt sie sich vorsichtig.

Wieder einmal schießt mir die Hitze hinter den Ohren hoch.

»Wieso?«

»Na, du hattest doch ein Date mit Luis, stimmt's? Im *Häagen-Dazs*?«

»Nein«, widerspreche ich. »So war das nicht. Er und Malte haben mir geholfen, Herrn Semmelfein zu suchen. Das habe ich dir doch erzählt ...«

»Ja ...«, sagt Yassi gedehnt.

»Und zur Belohnung wollte Luis, dass ich ihm ein Eis ausgebe.«

»Bei *Häagen-Dazs*?«

»Mhm.«

»Na, der ist ja vielleicht bescheiden!«, stößt Yassi aus. »Und als du hinkamst, saß er da mit Annabelle ... oder wie?«

Ich nicke. »Genau.«

»Und warum hast du mir DAS nicht erzählt?«

Der Vorwurf in ihrer Stimme ist nicht zu überhören. Noch schwerer aber wiegt die Enttäuschung, die sich in ihrem Gesicht zeigt, und deshalb versuche ich gar nicht erst, mich herauszuwinden.

»Es tut mir leid«, sage ich mit wackeliger Stimme. »Ehrlich. Ich weiß ja, dass es falsch war. Aber ich war so sauer auf Luis ... Und peinlich war es auch. Ultrapeinlich! Ich wollte das Ganze so schnell wie möglich vergessen.«

»Versteh ich.« Yassi berührt mich sanft am Arm. »Besonders, weil du Luis doch eigentlich magst.«

»Was?« Ich weiche einen Schritt zurück und kreuze die Arme vor der Brust. »Überhaupt nicht!«

»Klar«, brummt Yassi. »Und ich heiße Kleopatra.«

Empört funkele ich sie an.

»Es hat dich total gefuchst, dass *Malte* damals den Kuss von dir gefordert hat ... und nicht Luis«, fährt Yassi unbarmherzig fort. »Blümchen und ich haben gleich gemerkt, dass du Luis gut findest. So wie du ihn immer angeguckt hast.«

Was für ein Quatsch! Ganz bestimmt habe ich ihn nicht auch nur ansatzweise auffällig oder gar verliebt angeguckt.

»Luis und Malte sind unsere Erzfeinde«, stelle ich klar.

Dabei weiß ich selber, dass das nicht mehr stimmt. Schon lange nicht mehr.

»Umso schlimmer, dass Luis sich plötzlich mit Annabelle trifft«, ergänzt Yassi.

»Ja, und dabei stehen die Pissnelken doch eigentlich alle drei auf Fuat.«

»Mhm.« Yassi nickt. »Lustigerweise kann der sie aber nicht ausstehen. Dafür mag er mich«, setzt sie hinzu, so als wäre es das Selbstverständlichste auf der Welt. »Und weißt du was? Wir machen Kristina, Annabelle und Marie jetzt mal so richtig eifersüchtig.«

Als wir auf die lange Tischreihe vor der Gemeinschaftshütte zusteuern, sehen wir, dass rechts neben Tarik, Akin und Fuat noch ein Platz frei ist – und daneben wiederum, wie die Hühner auf der Stange und im einheitlichen Zitronenbonbon-Look, Kristina, Annabelle und Marie hocken. Neben quietschgelben Shorts und quietschgelben Spängchen und Schleifchen im Haar tragen sie ebenso quietschgelbe Tops, auf denen nun die love- und kiss me-Buttons von ihren Rucksäcken prangen.

»So ein Mist«, fluche ich leise.

»Wieso denn?«, gibt Yassi schulterzuckend zurück. »Ist doch perfekt.«

Ohne mit der Wimper zu zucken, steuert sie auf den freien Platz zu, legt Fuat ihre Hand auf die Schulter und sagt: »Hey! Dürfen Lilly und ich uns zu euch setzen?«

»Klar doch.«

Fuat strahlt über das ganze Gesicht und rückt sofort ein Stück näher an Akin heran.

Yassi macht einen großen Schritt über die Holzbank und lässt sich dicht an seiner Seite nieder.

»Na, komm schon!«, fordert sie mich auf. »Es ist zwar ein bisschen eng ...«

»Also eigentlich is da kein Platz mehr«, faucht Kristina mich an.

»Tröste dich«, brumme ich. »Ich kann mir auch was Besseres vorstellen, als dich auf der Pelle zu haben, aber Fuat, Akin und Tarik sind nun mal unsere Freunde.«

Tarik ruckt zu mir herum.

»Echt jetzt? Seit wann das denn?«

»Schon immer, du Lappen«, klärt Akin ihn auf.

»Ach so«, sagt Tarik und schaufelt sich eine Fuhre Kartoffelsalat in den Mund.

Unterdessen quetsche ich mich neben Yassi und flüstere nahezu lautlos in ihr Ohr: »Nicht, dass Fuat jetzt denkt ...«

Ich fühle mich nämlich überhaupt nicht wohl dabei,

die drei Jungs für unsere Zwecke auszunutzen. Im Grunde hätte ich das mit den Freunden gar nicht sagen dürfen und würde es am liebsten sofort wieder rückgängig machen.

Yassi tastet nach meiner Hand und drückt meine Finger zusammen. – Was auch immer das bedeuten soll!

»Tarik, hol mal Salat und ’ne Grillwurst für Lilly und Yasemin«, sagt Fuat.

»Ey, wieso denn ich?«, meckert Tarik.

»Weil du an der Außenkante sitzt«, hilft Akin ihm auf die Sprünge, und Fuat sagt zu Yassi: »Deine Eltern sind echt super. Sie waren total zufrieden mit uns und haben einen Euro pro Stunde draufgelegt. Noch schöner wär’s natürlich, wenn du auch ab und zu aushelfen würdest«, fährt er nach kurzem Zaudern beinahe schüchtern fort. »Natürlich nur dann, wenn ich ... ähm, wir ... auch dort sind.«

»Na ja, mal sehen«, meint Yassi lächelnd.

Marie kriegt einen Hustenanfall, Kristina macht Würgegeräusche und ich fühle mich immer unbehaglicher.

Tarik stopft sich eine halbe Grillwurst auf einmal in den Rachen und steht murrend von seinem Platz auf.

»Braves Hundchen«, murmelt Akin, und dann kreischt Annabelle plötzlich so laut los, dass ich fast einen Herzstillstand erleide und rücklings von der Bank kippe.

»Aaahhh! Er hat mir geschrieben! Er hat mir geschrieben!«

»Echt? Dieser Luis?«, fragt Kristina übertrieben laut.

Ein fieser Stich jagt mir in die Brust, und am liebsten würde ich das dreiviertel volle Glas Apfelschorle neben ihrem Teller packen und ihr über den Kopf gießen. Doch zum Glück drückt Yassi meine Finger jetzt noch fester zusammen, sodass ich mich rechtzeitig eines Besseren besinne.

»Mann, der is sooo süüüüß«, quiekt Kristina jetzt. »Und sein Freund eeerst.«

»Vielleicht hat er ja noch einen«, fügt Marie hoffnungsvoll hinzu.

»Auf jeden Fall wollen sie uns treffen!«, kräht Annabelle. »In einer halben Stunde am Ausgang. Er schreibt, sie brauchen uns.«

Yassi und ich sehen uns an.

Sie hebt die Augenbrauen und ich nicke. In diesem Fall verstehen wir uns auch ohne Worte.

Die Grillwurst schmeckt so gut, dass ich drei Stück davon verdrücke, und von dem Kartoffelsalat schaufele ich ebenfalls eine Riesenportion in mich hinein. Es macht mir nicht mal mehr etwas aus, dass ich neben Kristina sitze, die mir alle paar Minuten ihren Ellenbogen in die Seite rammt. Keine Ahnung, ob mit Absicht oder aus Schusseligkeit, und es ist mir auch egal. Nicht einmal das dumme Pissnelkengeschwätz geht mir auf die Nerven.

Ich freue mich einfach zu sehr darauf, ihnen und Malte und Luis eins auszuwischen – auch wenn ich noch gar nicht genau weiß, wie Yassi und ich das anstellen werden. Aber irgendetwas wird uns schon einfallen. Bisher hat Yasemin mit ihrem genialen Stimmenimitationstalent noch alle Eisen aus dem Feuer geholt.

Außerdem unterhalten wir uns ziemlich gut mit Fuat, Akin und Tarik. Eigentlich sind sie echt ganz nette Jungs. Okay, Tarik ist nicht unbedingt der Hellste, dafür hat er plötzlich einen Riesenspaß daran, Yassi und mich mit Essen und Trinken zu versorgen. Das ist fast schon gentlemanlike. Und umso enttäuschter sind die drei, als wir uns, kurz nachdem die Pissnelken aufgestanden und hinter der Hütte verschwunden sind, von ihnen verabschieden.

»Jetzt, wo die drei Barbiepuppen weg sind und endlich genug Platz am Tisch ist, haut ihr ab«, brummt Fuat.

»Geht leider nicht anders«, erwidert Yassi mit einem bedauernden Achselzucken. »Wir sind mit Blümchen verabredet«, schwindelt sie, »und die kann ganz schön biestig werden, wenn man sie warten lässt.«

»Sehen wir uns denn morgen?«, fragt Fuat zaghaft.

Yassi nickt kaum merklich.

»Nachmittags am Seeufer?«, schlägt sie vor. »Gegenüber der Schwimminsel?«

»Super«, sagt Fuat. »Ich freu mich.«

»Ich auch«, gibt Yassi ein wenig krächzig zurück.

Sie meint es ehrlich, das höre ich an ihrem Tonfall.

»Mensch, Mensch«, beschwere ich mich, als wir ein Stück durch den Wald gehuscht sind und die Verfolgung der Pissnelken aufgenommen haben. »Zuerst Blümchen und Jakob und jetzt auch noch du und Fuat. Das ist wirklich eine tolle Mädelsveranstaltung.«

Yassi zieht eine Grimasse.

»Also, erstens läuft zwischen Fuat und mir noch nichts Konkretes ...«

Ne, schon klar!

»... obwohl ich ihn von allen nett aussehenden Jungs auch sonst am nettesten finde«, fährt sie fort. »Und zweitens hast du die Sache mit Jakob ja wohl eindeutig selber eingefädelt.«

»Stimmt«, räume ich ein. »Weil Blümchen sonst todunglücklich und immer unausstehlicher geworden wäre.«

»Und meine Idee mit den fünfzig Cent pro Jungsthema war wohl auch nix.«

»Eindeutig nicht«, bestätige ich und blicke mich instinktiv nach Blümchen um. »Blöd, dass sie nun gar nicht weiß, wo wir sind und was wir vorhaben.«

»Ich wette, sie hat auch so ihren Spaß«, entgegnet Yassi.

Hoffentlich, denke ich. Trotzdem wäre mir wohler, wenn sie jetzt bei uns wäre.

Die Pissnelken hetzen, ohne einen Abstecher aufs Klo oder zu ihrem Zelt zu machen, in Richtung Ausgang, und obwohl wir penibel darauf achten, einen möglichst großen Abstand zu halten, dringt ihr albernes Gekicher bis zu uns durch. Es sind sogar einige Wortfetzen zu verstehen, wie zum Beispiel: süß, Zungenkuss, die blöde Kuh kann mich mal oder Sand im Bikini. Auch der Name Luis fällt hin und wieder.

»Am liebsten würde ich ihm eine Handvoll Kellerasseln ins Maul stopfen«, schimpfe ich.

»Nicht Annabelle?«

»Der auch«, knurre ich.

»Hast du sonst noch eine Idee?«, fragt Yassi.

»Nee«, sage ich. »Schade, dass wir seine Mutter nie kennengelernt haben, sonst könntest du jetzt ihre Stimme nachmachen.«

»Ich kann auch irgendeine Stimme imitieren«, meint Yassi. »Zum Beispiel die von Sarah Jessica Parker aus sex and the citiy.«

»Yassi!«

»Was hast du denn?«, entgegnet sie. »Die beiden Hauptfilme sind ab zwölf.«

»Und die hast du gesehen?«

»Ja, mit Busra. Und sie lässt sie mir sogar da. Zusammen mit ihrem Laptop. Sie braucht ihn nicht mehr.«

»Dann hast du dich inzwischen also damit angefreundet, dass dir jetzt das ganze Zimmer gehört?«, hake ich nach.

»Mhm.« Yassi grinst mich an. »Und ich weiß auch schon, wie ich es einrichte. Du und Blümchen dürft mir übrigens gerne beim Streichen helfen.«

»Nichts lieber als das«, sage ich und knuffe sie gegen die Schulter.

Noch immer kann ich es kaum fassen, wie sehr Yassi sich in der letzten Woche verändert hat, und irgendwie beschleicht mich der Verdacht, dass es schon sehr viel länger in ihr gebrodelt haben muss. Wahrscheinlich ist Blümchen und mir das nur nicht aufgefallen, weil wir eh nie richtig geblickt haben, was in Yasemin vorgeht.

Inzwischen ist sie mir überhaupt nicht mehr fremd und trotzdem noch immer die gleiche Yassi wie vor einem Jahr, als sie in unsere Klasse kam.

»Hey! ... Lilly! ... Yassi!«, ertönt plötzlich Blümchens Stimme hinter uns. Schnaufend kommt sie auf uns zugerannt, aber sie strahlt über das ganze Gesicht. »Wo wollt ihr denn hin?«

»Den Pissnelken die Pläne durchkreuzen«, antworte ich.

Yassi und ich sind sofort stehen geblieben und warten, bis Blümchen uns eingeholt hat.

»Was für Pläne?«, will sie wissen.

»Erklären wir dir unterwegs«, erwidere ich. »Und jetzt komm! Sonst verlieren wir sie womöglich aus den Augen.«

Zu dritt stapfen wir weiter. Abwechselnd erzählen Yassi und ich Blümchen, dass Annabelle und Luis offenbar befreundet sind und er und Malte sich mit den drei Nelken am Eingang zum Zeltplatz verabredet haben.

»Ist ja ein Ding!«, bricht es aus Blümchen hervor. »Woher kennen die sich?«

»Keine Ahnung«, meint Yassi. »Und?«, erkundigt sie sich dann. »Wie war es bei dir?«

Blümchen verdreht schwärmerisch die Augen. »Einfach nur WOW!«

»Das heißt, ihr trefft euch jetzt öfter?«, frage ich.

»Yes!«

»Also seid ihr zusammen?«, hakt Yassi nach.

»YES! Und stellt euch vor: Wir haben uns geküsst. Mit Zunge und allem!«, quietscht Blümchen, und ihre Augen funkeln wie zwei Wunderkerzen.

»Oh ... wow«, sage ich ein wenig verhalten.

Was »mit Zunge« heißt, ist mir klar, bei »und allem« verlässt mich jedoch meine Vorstellungskraft. Ich bekomme aber gar nicht die Gelegenheit, darauf einzugehen, denn jetzt sprudelt es geradezu aus Blümchen hervor:

»Mannomann! Was hab ich für einen Schiss davor gehabt! Ich dachte, dass ich mich total blöd anstelle, den Mund zu weit oder zu wenig aufmache, und ich wusste ja auch nicht, wie tief man seine Zunge in den Mund des Jungen steckt, und ob man schnelle oder langsame Bewegungen macht. Dabei geht es wie von selbst und fühlt sich einfach nur SCHÖN an.« Blümchen lacht laut heraus und tippt sich an die Schläfe. »Und ich hätte mir deswegen fast meine ganze Zukunft vermasselt.«

Yassi und ich starren sie an.

»Soll das etwa heißen, dass du dich die ganze Zeit nicht mit Jakob treffen wolltest, nur weil du Angst vor dem ersten Kuss hattest?«, stoße ich ungläubig hervor.

»Ja. NUR.« Blümchen sieht mich finster an. »Aber warte mal ab, wenn es erst bei dir so weit ist!«, orakelt sie.

Mag sein. Aber darüber muss ich mir vorerst ja überhaupt keine Gedanken machen.

Kurz bevor wir den Ausgang erreichen, verschwinden Annabelle, Kristina und Marie aus unserem Sichtfeld, und ich fürchte bereits, dass wir sie verloren haben.

Wir gehen einen Schritt schneller und drücken uns dann vorsichtig an der Wand des Pförtnerhäuschens entlang. Es fehlte gerade noch, dass wir den Pissnelken ausgerechnet hier vor die Nasen geraten.

»Seht ihr sie irgendwo?«, wispere ich, während ich meinen Blick über den Waldweg gleiten lasse.

Blümchen schüttelt den Kopf.

»Weder die Nelken noch Luis oder Malte.«

»Vielleicht haben sie uns verarscht«, überlege ich, »und wollten uns nur von Fuat, Akin und Tarik weglocken.«

»Unsinn!« Blümchen winkt ab. »Das würde ja bedeuten, dass sie intelligent sind.«

»Sind sie nicht«, raunt Yassi und deutet mit dem Kinn in Richtung Fahrradunterstand. »Schaut mal da.«

Nacheinander kommen Kristina, Marie und Annabelle auf ihren Rädern aus dem hinteren Teil des Unterstands hervor und biegen in den Waldweg ein.

»Kapier ich nicht«, murmele ich. »Wo sind denn jetzt die beiden Jungs?«

»Bestimmt haben sie inzwischen einen neuen Treffpunkt vereinbart«, spekuliert Blümchen. »Habt ihr eure Fahrradschlüssel dabei?«

Yassi und ich nicken.

»Na, dann mal los!«, ruft sie. »Nix wie hinterher.«

»Um wie viel Uhr müssen wir eigentlich wieder hier sein?«, frage ich, während ich meinen Drahtesel erklimme.

»Bis spätestens halb zehn sollen sich alle bei einem der Betreuer zurückgemeldet haben«, erwidert Yassi. »Uns bleiben also noch gut zwei Stunden.«

»Ach, die treffen sich bestimmt irgendwo ganz in der Nähe«, meint Blümchen und tritt sofort mächtig in die Pedalen.

Außer uns halten sich noch eine ganze Menge anderer Jugendlicher außerhalb des Geländes auf. Einige stapfen kreuz und quer durch den Wald, ein paar Sechzehnjährige, die wir aus der Oberstufe kennen, stehen in einer Gruppe zusammen und rauchen, die meisten aber kurven wie wir mit ihren Fahrrädern herum.

Yassi, Blümchen und ich fahren bis auf circa hundert Meter an die Pissnelken heran und halten diesen Abstand, bis sie den Waldrand erreichen. Dort werden sie allmählich langsamer und kommen schließlich zum Stehen.

»Da sind Malte und Luis!«, zischt Blümchen.

Die beiden Jungs lehnen direkt an der Straßenecke an einem Stromverteilerkasten. Auch sie haben ihre Fahrräder dabei.

Ich steige in die Eisen und springe vom Rad. Wie gebannt klebt mein Blick auf Luis und Annabelle, die sich genau wie die anderen per Handschlag begrüßen und rechts und links auf die Wange küssen.

»Ist ja eklig.« Blümchen schüttelt sich. »Ich meine, das sind *Luis* und *Malte*«, sagt sie so, als würde sie von schleimigen Monstern mit Warzennasen, fettigen Haaren und fauligem Atem sprechen. »Selbst wenn ich eine Pissnelke wäre, würde ich die nicht mal mit der Kneifzange anfassen. Du etwa?«, fragt sie und zwinkert mir scheinheilig zu.

»Keine Ahnung«, sage ich und weiche ihrem Blick aus. »Okay, die beiden sind nervig, aber eigentlich ganz okay.«

»Hört! Hört!«

Blümchen grinst von einem Ohr zum anderen, und ich bin sehr froh, dass ihr keine Zeit bleibt, noch weitere

Kommentare abzugeben, denn in diesem Augenblick schwingen sich alle wieder auf ihren Sattel und setzen sich in Richtung Blumenviertel in Bewegung.

»Oh, Mann«, stöhne ich. »Garantiert fahren sie zu Malte oder Luis nach Hause, um dort mit ihnen abzuhängen.«

Doch schon bald stellt sich heraus, dass ich mit dieser Vermutung danebenliege, denn sie nähern sich zielstrebig der Rosenstraße und stoppen schließlich fünf Häuser vor dem von Oma Brille. Sie stellen ihre Räder in einer Reihe auf, bilden einen Kreis und tuscheln aufgeregt miteinander.

Blümchen, Yassi und ich sind auf der gegenüberliegenden Seite hinter der Einfahrt einer Querstraße in Deckung gegangen.

»Kann mir mal einer sagen, was das soll?«, knurre ich. »Was zum Teufel wollen die hier?«

»Das wüsste ich allerdings auch gerne«, brummt Blümchen.

»Und ich finde, wir sollten dem jetzt ein Ende bereiten«, bestimmt Yassi.

Sie bedeutet uns, die Räder noch ein Stück weiter zurückzurollen, damit die Pissnelken uns auch ganz sicher nicht sehen können, und dann ruft sie plötzlich total empört mit Frau Schönerscheidts Stimme:

»Kristina! Das hätte ich aber nicht von dir gedacht! Knutscht auf offener Straße mit wildfremden Jungs herum! Ich werde auf der Stelle deiner Mutter Bericht erstatten! Ohnehin hatte ich ihr abgeraten, dir dieses Zeltlager zu gestatten. Deine verlotterten Freundinnen haben doch nur Schweinereien im Kopf!«

Blümchen und mir fallen fast die Ohren ab.

»Das glaubt sie nicht«, hauche ich. »Die weiß doch, dass Frau Schönerscheidt niemals so reden würde.«

»Und ich wette, dass es funktioniert«, hält Yassi dagegen.

Blümchen klappt ihren Fahrradständer aus und schleicht wieder bis zur Straßenecke vor.

Yassi und ich halten die Luft an – bis Blümchen triumphierend einen Daumen in die Höhe reckt und sich prustend die Hand vor den Mund schlägt.

Ein Küsschen in Ehren …

Höchst amüsiert beobachten wir, wie die Pissnelken an uns vorbei die Rosenstraße in Richtung Nesselsee hinunterbrettern.

»Ich fasse es nicht«, kichere ich. »Die sind ja so was von darauf reingefallen. So schnell wie die abgehauen sind!«

»Die haben eben ihr Gehirn nicht eingeschaltet«, bemerkt Blümchen ganz richtig. »So wie immer.«

»Klar«, bestätigt Yassi. »Sonst hätten sie ja wenigstens nach Frau Schönerscheidt Ausschau gehalten.«

»Dann hoffen wir mal, dass sie nicht doch noch vom Geistesblitz getroffen werden und auch wirklich brav zum Zeltlager zurückfahren«, erwidere ich. »Und jetzt lasst uns nachschauen, was Luis und Malte machen.«

Langsam schieben wir unsere Fahrräder bis zur Einmündung und spähen auf die andere Straßenseite.

Die beiden Jungs stehen wie belämmert auf dem Bürgersteig und gucken den Pissnelken kopfschüttelnd hinterher.

»Na, die haben hoffentlich endgültig kapiert, dass die drei völlig hohl in der Birne sind«, brumme ich.

Blümchen grient mich an.

»Wieso ist dir das eigentlich so wahnsinnig wichtig?«, fragt sie und zwinkert mir schon wieder wie blöde zu.

»Luis und Malte sind UNSERE Erzfeinde«, gebe ich hoch erhobenen Hauptes zurück. »Da hat gefälligst niemand sonst dazwischenzufunken.«

Yassi nickt. »Und erst recht keine Pissnelke.«

»Was die wohl vorhatten?«, überlege ich laut, während ich die Jungs erneut ins Visier nehme.

Beide sind aus ihrer Erstarrung erwacht und setzen sich wieder in Bewegung. Sie gehen jedoch nicht zu ihren Fahrrädern, sondern laufen zielstrebig auf das Haus meiner Großmutter zu.

»Was wollen die denn da?«, wundere ich mich.

»Vielleicht nach deiner Festnetznummer fragen«, stichelt Blümchen. »Auf Luis' SMS meldest du dich ja nicht. Oder hast du mittlerweile?«, fragt sie, und das Gezwinkere hört gar nicht mehr auf.

Am liebsten würde ich sie fragen, ob ihr davon nicht schwindelig wird.

»Jetzt lass Lilly doch mal in Ruhe«, murrt Yassi. »Ich habe keine Nachrichten von Luis bekommen und würde trotzdem gerne wissen, was die von ihrer Oma wollen.«

»Ja, ja«, schnappt Blümchen. »Ich mein ja nur.«

Die Jungs sind inzwischen auf das Grundstück eingebogen und haben sich vor die Haustür gestellt, die sich kurz darauf öffnet. Wenige Sekunden später tauchen sie im Flur ab und die Tür schließt sich wieder.

»Oma Brille hat sie tatsächlich reingelassen«, staune ich. »Oder ...?« Ich sehe zwischen Blümchen und Yassi hin und her. »Vielleicht war es ja auch Tante Elfriede.«

»Extrem merkwürdig das Ganze«, findet Blümchen.

»Vor allem, wenn man bedenkt, dass die Pissnelken eigentlich ebenfalls dabei gewesen wären«, pflichtet Yassi ihr bei.

»Stimmt«, sage ich. »Die Sache stinkt zum Himmel – und zwar gewaltig!«

Blümchen, Yassi und ich warten fünf Minuten, dann halten wir es nicht mehr aus. Um uns im Falle eines Notfalls schnell davonmachen zu können, lassen wir unsere Fahrräder an Ort und Stelle stehen. Wieselflink überqueren wir die Rosenstraße und huschen auf Oma Brilles Haus zu, als darin plötzlich ein fürchterliches Getöse ausbricht. Es hört sich an, als würde sämtliches Geschirr auf einmal zertrümmert, gleichzeitig scheint etwas zu explodieren.

Meine Freundinnen bleiben wie einbetoniert auf dem Bürgersteig stehen.

»Oh Gott, was ist denn da los?«, haucht Blümchen, die ebenso kreideweiß um die Nase ist wie Yassi.

Einen Atemzug später fliegt die Haustür auf und meine Großmutter, Tante Elfriede, Brotbäckchen und

Henriette von Ahlen stürzen ins Freie. Der nahezu taube Herr Semmelfein trottet gemächlich hinterher.

»Oma Brille!«, brülle ich. »Was ist passiert?«

»Um Gottes Willen, Lilly, mein Engel, bleibt, wo ihr seid!«, ruft sie und wedelt wie verrückt mit den Händen.

Im selben Augenblick ertönt im Haus ein gespenstisches Jaulen, gefolgt von einem hämischen Kichern und einer neuerlichen Explosion.

Luis und Malte!, schießt es mir durch den Kopf. Die beiden Jungs sind noch immer im Haus. Hoffentlich ist ihnen nichts zugestoßen! Ich habe den Gedanken gerade zu Ende gedacht, da durchzuckt mich der Blitz, von dem die Pissnelken eben verschont geblieben sind.

»In diesem Irrenhaus bleibe ich keine Sekunde länger!«, wettert Tante Elfriede, als sie und Oma Brille bei uns angekommen sind. Brotbäckchen zischt wie ein Pfeil an uns vorbei und verschwindet in einem der Nachbargärten, Herr Semmelfein leckt mir über die Hände und Henriette lehnt sich mit eingekniffenem Schwanz gegen die Wade ihres Frauchens.

»Ich ziehe noch heute zu Horst«, teilt uns meine Großtante mit. »Und glaub ja nicht, dass ich jemals wieder auch nur einen Fuß auf dein Grundstück setze«, fügt sie mit zusammengekniffenen Lippen an Oma Brille hinzu. »Meine Sachen werde ich von einem Umzugsunternehmen abholen lassen.«

»Ich weiß mir keinen Rat mehr«, murmelt meine

Großmutter. »Ich fürchte, ich muss nun doch die Polizei verständigen.«

»Die werden gegen diesen Spuk auch nichts ausrichten können«, erwidert Tante Elfriede. »Wertlos ist dieses Haus!«, trompetet sie. »Vollkommen wertlos! So kann man es ja nicht einmal verkaufen.«

Oma Brille schluckt. Sie ist noch zehnmal blasser als Yassi und Blümchen, und sie tut mir schrecklich leid. Aber solange Tante Elfriede in der Nähe ist, kann ich meiner Großmutter leider nicht sagen, dass sie sich wegen des Spuks überhaupt keine Sorgen zu machen braucht.

Mittlerweile sind auch ein paar Nachbarn herbeigeeilt und erkundigen sich aufgeregt nach dem Grund für das Spektakel in Oma Brilles Haus.

»Gespenster«, gibt Tante Elfriede knapp zurück, hebt die zitternde Henriette von Ahlen auf ihren Arm und steuert schnurstracks auf Herrn Cornils Gartentor zu.

Oma Brilles fieser Nachbar hat sich noch gar nicht blicken lassen, was ich ziemlich seltsam finde, da er normalerweise immer als Erster zur Stelle ist, wenn es etwas zu meckern gibt. Einen Moment lang bezweifle ich fast, dass der Geistesblitz eben an der richtigen Stelle eingeschlagen ist und doch Herr Cornils und meine Großtante hinter diesem ganzen Spuk stecken. In dem Fall wäre allerdings noch immer nicht geklärt, was Luis und Malte hier zu suchen hatten. Nein, nein. Bestimmt hat Herr Cornils einfach nur die Hosen voll und traut sich nicht auf die Straße.

»Das war doch bloß ein dummer Streich«, murmele ich, als Tante Elfriede außer Hörweite ist.

»Wie bitte?«

Oma Brille sieht mich mit großen Augen an.

»Und ich weiß auch, wer dahintersteckt«, ergänze ich.

»So?«

Meine Großmutter mustert mich stirnrunzelnd, Yassi bläht die Backen und Blümchen öffnet den Mund, sagt zum Glück aber nichts.

»Wir müssen also keine Hilfe rufen?«, vergewissert sich ein Nachbar, der eine runde Brille trägt und ungefähr in Papas Alter ist. »Oder nachschauen, ob etwas kaputtgegangen ist?«

»Vielen Dank, aber ich werde jetzt erst einmal selber nach dem Rechten sehen«, meint Oma Brille. »Sollte sich herausstellen, dass doch mehr dahintersteckt als ein Streich, komme ich sehr gerne auf Ihr Angebot zurück.«

»Ich könnte Sie auch ins Haus begleiten«, erwidert der Brillenmann. »Nur um ganz sicherzugehen, dass ...«

Meine Großmutter winkt ab. »Ach nein, lassen Sie nur. Ich denke, ich kann mich auf meine Enkelin verlassen.«

Sie bedankt sich noch einmal bei allen Nachbarn ausdrücklich für deren Hilfsbereitschaft, dann fasst sie mich am Oberarm und zieht mich energisch auf ihr Haus zu.

Yassi und Blümchen laufen uns schweigend mit Herrn Semmelfein hinterher.

»Es sind Malte und Luis gewesen«, erkläre ich meiner Großmutter, kaum dass sie die Tür hinter uns allen geschlossen hat. »Die beiden Jungs aus der Siedlung. Du weißt schon ...«

Oma Brilles Augen werden schmal.

»Etwa die zwei, die euch schon seit Jahren ärgern?«

»Ja«, sage ich ein wenig ungeduldig und spare es mir zu erwähnen, dass die Fopperei auf Gegenseitigkeit beruhte. »Aber diesmal ging es ihnen nicht um uns, sondern um dich ... beziehungsweise um Tante Elfriede.«

»Das, mein liebes Kind, verstehe, wer will«, brummt Oma Brille.

»Na ja ...«, beginne ich, »eigentlich ärgern sie uns schon lange nicht mehr.«

»Ne«, stimmt Blümchen mir zu, »seit ein paar Wochen sind wir sogar eher befreundet.«

»Wuff!«, macht Herr Semmelfein und wedelt mit dem Schwanz.

»Du sei mal ruhig«, ermahnt meine Großmutter ihn und schaut mit geschürzten Lippen zwischen Blümchen, Yassi und mir hin und her.

»Und unter Freunden erzählt man sich nun mal alles«, deute ich an.

»Aha.« Oma Brille kneift ihr rechtes Auge zu und

fixiert mich mit dem linken. »Darf ich daraus schließen, dass die Herren Freunde über die missliche Lage in meinem Heim informiert waren?«

»Ja, ich habe ihnen von Tante Elfriede erzählt und davon, dass sie partout nicht ausziehen will«, räume ich zerknirscht ein. »Vorige Woche waren sie hier, um einen Schlüssel abzuholen, der eigentlich Malte gehört ...«

»Oh ... jetzt wird mir einiges klar«, unterbricht meine Großmutter mich. »Hast du die Jungen etwa ins Haus gelassen?«, fragt sie mit scharfem Unterton in der Stimme.

»Ich nicht, aber Tante Elfriede«, antworte ich hastig.

»So, so.« Mit einem Mal huscht ein Schmunzeln über Oma Brilles Gesicht. »Und ich habe sämtliche Schubladen ausgeräumt, um nach meinem Schlüsselbund zu suchen. Seit letzten Montag benutze ich nämlich schon den Ersatzschlüssel.«

»Davon hast du aber nichts gesagt«, entgegne ich.

»Natürlich nicht, Engelchen.« Meine Großmutter tätschelt mir die Wange. »Es ist ja nicht zwingend erforderlich, dass ihr mich alle für schusselig haltet.«

»Das tun wir schon nicht«, wiegele ich ab. »Und was deinen Schlüsselbund betrifft: Den holen wir dir auf der Stelle zurück.«

Keine fünf Minuten später sind wir mit unseren Fahrrädern auf dem Weg zur Anemonenstraße. Leider weiß ich nicht, wo Luis wohnt, aber das Haus von Malte werde ich ganz sicher ohne Probleme wiederfinden. Und als wir kurz darauf in den Geranienweg einbiegen, sehen wir die beiden Jungs auch schon. Geradezu bedächtig schlendern sie den Bürgersteig entlang.

»He!«, rufe ich. »Ich glaube, ihr habt was vergessen!«

Luis und Malte halten in ihrer Bewegung inne und drehen sich dann langsam zu uns um.

»Keine Ahnung, wovon du sprichst«, erwidert Malte Kaugummi kauend.

»Von euren Fahrrädern«, gebe ich zurück. »Die stehen nämlich noch in der Rosenstraße. Außerdem seid ihr im Besitz eines Schlüssels, der euch nicht gehört.«

Malte sieht mich herausfordernd an.

»Ts, das wüsste ich aber!«

»Ihr könnt froh sein, wenn Lillys Oma euch nicht anzeigt«, springt Blümchen mir zur Seite. »Was ihr da veranstaltet habt, ist nämlich überhaupt nicht witzig. Stellt euch mal vor, eine der beiden Damen hätte einen Herzinfarkt erlitten.«

»I-ich wollte Lilly doch nur helfen«, stammelt Luis.

»Das weiß ich, ist allerdings keine Entschuldigung«, entgegne ich ernst und strecke den Jungen meine Hand entgegen. »Und jetzt den Schlüssel, bitte!«

Luis und Malte werfen sich einen zögernden Blick zu.

Schließlich nickt Malte, woraufhin Luis in seine Hosentasche greift.

»Wird's bald?«, sage ich ungeduldig.

Je länger ich Luis gegenüberstehe, desto wütender werde ich. Es macht mir überhaupt nichts aus, ihm direkt in die Augen zu gucken. Im Gegenteil, es gefällt mir sogar richtig gut, mit anzusehen, wie unbehaglich er sich fühlt.

Luis schluckt. Er zieht den Schlüssel hervor und räuspert sich. Einmal, zweimal, dreimal. Dann öffnet er den Mund, um etwas zu sagen.

»Kann ich dich vielleicht mal alleine sprechen?«, quietscht er, und es klingt fürchterlicher als Ole zu seinen besten Zeiten.

»Zuerst will ich wissen, ob ihr bei meiner Oma was kaputt gemacht habt«, knurre ich.

Luis schüttelt entrüstet den Kopf. »Natürlich nicht.«

»Es ist alles auf CD«, erklärt Malte. »Geräusche zum Runterladen.«

»Aha ... Und was sollte die Nummer mit den Pissnelken?«

»Ähm ...« Wieder tauschen die Jungs einen Blick. »Die was?«, kommt es schließlich von beiden.

»Ihr habt ganz richtig verstanden«, mischt Blümchen sich ein. »Die Pissnelken sind unsere Lieblingsfreundinnen aus der Schule.«

»Oh, ihr meint die drei Mädels vom Zeltplatz!«

Malte grinst, aber Luis verzieht keine Miene. Er guckt,

als ob sich das Grauen in seinem Gesicht festgebissen hätte.

»Woher kennt ihr die, he?«, fahre ich ihn an.

Luis macht einen Schritt rückwärts und hebt abwehrend die Hände.

»Annabelle ist die Tochter einer Freundin meiner Mutter«, antwortet er.

»Und wieso habt ihr sie mit zu Lillys Oma genommen?«, will Yassi wissen.

»Wir wollten ... Wir dachten ...«

Luis macht eine resignierte Geste und wendet sich dann ganz ab.

»Was denn jetzt?«, fragt Blümchen Malte.

»Wir hatten Kostüme dabei«, erwidert er. »Bettlaken und Taschenlampen. Ursprünglich war unser Plan, die ganze Nacht im Haus zu bleiben.«

»Und Gespenster zu spielen?«, spöttele ich.

Beinahe lache ich los.

»Wir wollten eben ganz sichergehen, dass deine blöde Tante wirklich auszieht«, faucht Malte mich an. »Kapierst du ... Wir haben das nur für dich getan!«

»Marie, Annabelle und Kristina hätten einen Riesenärger gekriegt, wenn sie nicht rechtzeitig zum Zeltplatz zurückgekehrt wären«, entgegnet Yassi.

Was wir ihnen natürlich von Herzen gegönnt hätten!

»Wir sind übrigens auch dort«, setzt Blümchen hinzu.

Ich höre, was meine Freundinnen sagen, aber mein Blick klebt auf Malte.

Wir haben das nur für dich getan ... für dich ... für dich ... für dich ...

»Was ist denn jetzt, Lilly?«, durchbricht Luis die Endlosschleife in meinem Kopf. »Kann ich dich nun kurz sprechen oder nicht?«

Ich spüre, wie ich nicke. Es passiert ganz automatisch.

»Aber nur fünf Minuten«, befiehlt Blümchen. »Wir müssen nämlich ebenfalls rechtzeitig beim Zeltplatz sein.«

»Schon gut«, murmele ich, und dann folge ich Luis wie eine Marionette den Bürgersteig entlang.

Wir gehen an vier Häusern vorbei, und ich will ihn gerade fragen, wie weit es noch ist, als er mein Handgelenk umfasst und mich hinter eine mannshohe Hecke auf einen schmalen Pfad zieht, der sich zwischen zwei Grundstücken entlangschlängelt.

»Wieso bist du nicht ins *Häagen-Dazs* gekommen?«, fragt er im Weiterlaufen.

»Bin ich doch!«

»Warum hast du nicht auf meine SMS geantwortet?«, bohrt er weiter, so als hätte er meine Antwort nicht gehört.

»Was für SMS?«

Luis fährt zu mir herum.

»Behaupte bloß nicht, sie sind nicht angekommen!«

»Keine Ahnung!«, blaffe ich. »Mein Handy war nicht eingeschaltet. Aber ich bin im *Häagen-Dazs* gewesen«, betone ich. »Als ich Annabelle gesehen habe, bin ich allerdings sofort wieder abgehauen.«

Luis schüttelt den Kopf.

»Weshalb denn das?«

»Weil ich sie nicht mag!«

Luis zieht geräuschvoll Luft ein. »Das konnte ich ja nicht ahnen.«

»Tja«, sage ich. »Dein Pech.«

»Sieht ganz so aus«, erwidert er und lässt frustriert die Schultern hängen. »Annabelle war nur zufällig dort«, erklärt er mir. »Sie kam gleich an meinen Tisch gedackelt. Hätte ich sie ignoriert oder weggeekelt, hätte sie das garantiert brühwarm ihrer Mutter erzählt. Die hätte es meiner Mutter gepetzt und die wiederum hätte mir die Hölle heiß gemacht. Darauf hatte ich echt keinen Bock.«

»Hm«, mache ich. »Was wolltest du überhaupt von mir?«

»Das Eis war meine Belohnung«, erinnert er mich. »Die steht übrigens nach wie vor aus.«

»Ja, ja«, stöhne ich, dabei bin ich eigentlich gar nicht mehr sauer auf ihn. »Ich glaub, ich geh dann mal wieder«, sage ich hastig, bevor die Situation hier womöglich richtig unangenehm wird. »Über deine Belohnung können wir ja auch später irgendwann sprechen. Die läuft dir schon nicht davon.«

»Noch eine Minute«, hält Luis mich zurück. »Bitte!« Seine Augen glänzen ganz komisch. »Ich möchte dir gern was zeigen.«

Er pfriemelt in seiner Hosentasche herum und zieht schließlich ein buntes zusammengeknülltes Papierstück daraus hervor.

»Ich habe sämtliche Zeitschriften meiner Mutter durchgeguckt.«

Wie bitte? »Was hast du?«

»Hier«, sagt Luis. Er streicht das Papier glatt, hält es mir unter die Nase und tippt auf eine Stelle im oberen Drittel. »Lies.«

»Was ist denn das?«, frage ich, obwohl ich längst erkannt habe, dass es sich bei dem Papierstück um eine herausgerissene Seite einer Illustrierten handelt.

»Jetzt lies schon«, fordert Luis mich auf.

Mein Blick wandert über das Fettgedruckte.

»Die dümmsten Sprüche ...«

»Nicht das, sondern da drunter.«

»Ähm ...« Ich suche das Blatt mit den Augen ab. »Nachts, wenn alle schlafen, ist meistens keiner wach.« Ich sehe Luis an. »Das gibt's doch gar nicht!«

Das ist sogar absolut irre. Zumal ich mich überhaupt nicht daran erinnere, wann und wo *ich* den Spruch gelesen und notiert habe.

»Stand in der Anna«, klärt Luis mich auf. »Allerdings nicht in einer von 2008, sondern aus dem vorletzten Jahr.«

»Oh«, sage ich. »Dann habe ich mich wohl verguckt.«

Luis nickt.

»Na ja«, murmele ich. »Ist ja auch egal.«

»Stimmt«, sagt Luis. »Jedenfalls hat dieser blöde Spruch mich auf die Idee mit dem Spuk gebracht. Wegen Nacht und so ... und dass erst mal keiner was merkt.«

»Gespukt habt ihr allerdings am helllichten Tag«, wende ich ein.

»Funktioniert hat es trotzdem«, erwidert Luis schulterzuckend.

»Mhm.« Ich muss lächeln. »Ziemlich gut sogar.«

Ein Freund in der Not ist besser als ein Sahnehäubchen auf deiner Käsestulle, schießt es mir durch den Kopf und ich lächele noch breiter.

Luis tritt von einem Fuß auf den anderen und guckt ganz komisch.

»Willst du meine SMS nicht mal lesen?«, presst er hervor.

»Was? Jetzt?«, frage ich.

»Wär cool.« Luis nickt. »Äh ... die letzte reicht eigentlich schon.«

»Okay.« Ich hole mein Handy hervor, schalte es ein und tippe auf das Nachrichten-Icon.

Mit dir zusammenzusitzen ist mir wichtiger als das eis. Ich finde es toll, mit dir zu reden und mag dich total gern.
Dein (Luis) *

Mein Herz macht einen Satz, dann fängt es an zu rasen.

»A-aber wieso?«, stammele ich. »E-es war doch M-Malte, der mich damals küssen wollte.«

Luis schüttelt den Kopf. »Das war nur ein Test.«

»W-was denn für ein Test?«

»Na ja ... wenn du ihn geküsst hättest, wäre klar gewesen, dass du ihn magst und nicht mich«, antwortet Luis zögernd. Sein Gesicht ist ganz rot und seine Augen flackern jetzt ziemlich merkwürdig. »Aber als du letztens gesagt hast, dass du ständig irgendwelche Jungs küsst, war der Beweis natürlich dahin und ...«

»Aber das tue ich doch gar nicht«, krächze ich. »Ich würde einen Jungen nur küssen, wenn ich ihn wirklich mag.«

»Gut.« Luis holt tief Luft. »Dann machen wir jetzt eben einen neuen Test.«

Einen Lidschlag später liegen seine Hände auf meinen Schultern und mit dem nächsten Atemzug spüre ich seine Lippen auf meinem Mund. Luis küsst mich sanft. Und anders als bei Blümchen und Jakob passiert es ohne Zunge und allem (was auch immer). Trotzdem kribbelt es von den Zehen bis zu den Haarwurzeln, und für ein paar Sekunden fühle ich mich, als wäre ich in einer anderen Welt. – Bis neben uns ein Kichern ertönt.

Luis und ich springen auseinander.

Blümchen und Yassi stehen am Anfang des Pfades und grienen sich einen ab.

»Nice performance!«, gluckst Yassi, und Blümchen wirft mir ein Kussmündchen zu.

»Haut ab!«, brülle ich und wedele wie wild mit dem Arm. »Ich komme gleich.«

»Beeil dich!«, ruft Blümchen. »Es ist schon Viertel vor neun und wir müssen ja noch mal bei deiner Oma vorbei. Außerdem musst du bis morgen die Liste für deine Mutter schreiben.«

Ja, ja. Ich wedele abermals mit den Armen und warte, bis meine Freundinnen von der Bildfläche verschwunden sind. Dann sehe ich Luis an. Sein Gesicht ist noch immer ganz rot und seine hellen Augen funkeln.

»Schreib mir 'ne SMS«, wispere ich. »Ich werde sie lesen. Und ich antworte auch. Versprochen.«

Und dann küsse ich ihn. Flüchtig und ohne Zunge. Das hat noch Zeit bis zum nächsten Mal. Mindestens. Die Küsserei ist auch so schon aufregend genug. Jetzt muss ich erst mal wieder zur Besinnung kommen – und darüber nachdenken, ob die Wundersprüchebox nicht vielleicht doch ein ziemlich nützliches Ding ist.

© Random House/Dietmar Theis

Patricia Schröder, 1960 geboren, wuchs in Düsseldorf auf. Als ihre Kinder zur Welt kamen, zog sie sich in den Norden auf eine kleine Warft zurück. Anfangs vermisste sie den Trubel der Stadt, und so fing sie an, sich Geschichten auszudenken. Mittlerweile gehört sie zu den bekanntesten Kinder- und Jugendbuchautorinnen in Deutschland und hat schon zahlreiche Romane veröffentlicht.

Von Patricia Schröder sind im cbj Verlag auch folgende Bücher erschienen:

Lilly – Total verrückt und auch ganz anders (15810)
Lilly – Lampenfieber und kein bisschen leise (15848)
Philippas verkehrte Welt (15739)
Plötzlich Zwilling (22119)

Patricia Schröder

Lilly

Lilly –
Total verrückt
und auch ganz anders
Band 1, 224 Seiten,
ISBN 978-3-570-15810-4

Lilly –
Lampenfieber
und kein bisschen leise
Band 2, 256 Seiten,
ISBN 978-3-570-15848-7

Lilly –
Voll verknallt
und ziemlich crazy
Band 3, 256 Seiten,
ISBN 978-3-570-17179-0

Antje Szillat

Lila Zeiten –
Fili heißt beste Freundin

ca. 176 Seiten, ISBN 978-3-570-15874-6

Hilfe! Nicht genug, dass Lilas zerstreuter Professoren-Papa die Familie urplötzlich aus ihrer gemütlichen Villa in ein hippes Loft nach Berlin-Kreuzberg verpflanzt. Nein, Lila muss sich dort zu allem Überfluss mit dem nervigen Nachbars-Söhnchen, dem mega-arroganten Schönling Philipp, herumärgern. Als hätte Lila nicht schon genug Zickenkrieg mit ihrer Teenager-Schwester Anna, die nur noch über Schminke, Bhs und Jungs nachdenkt. Umso schmerzlicher vermisst sie ihre allerbeste Freundin Helene. Doch die hat Lila anscheinend aus ihrem Leben gestrichen. Für Lila steht fest: Was sie braucht, ist ein supergenialer „Wir-ziehen-sofort-wieder-zurück-nach-Grunewald"-Plan! Doch wie das so ist mit den genialen Plänen: Erstens kommt es anders, und zweitens, als man denkt!

10301

cbj

www.cbj-verlag.de

Dagmar H. Mueller

Allerliebste Geisterfreundin – Bei dir spukt's wohl?

256 Seiten, ISBN 978-3-570-15780-0

Nina zieht mit ihren Eltern in das alte Haus ihrer Großmutter. Und plötzlich ist Ninas neues Leben so turbulent wie sie es sich niemals hätte erträumen können. Denn in dem neuen alten Haus wohnt Tori – ein Geistermädchen! Tori ist zwar eine totale Nervensäge, aber sie hat ein Geheimnis, das auch Ninas Leben verändern könnte. In der Vergangenheit hat Tori nämlich so einiges verbockt und wer könnte ihr besser helfen, die Peinlichkeiten von Gestern wieder geradezurücken als ihre neue Freundin Nina?

10288

cbj

www.cbj-verlag.de